PETITS CLASSIQUES

LAROUSSE

Collection fondée par Félix Guirand, Agrégé des Lettres

W9-BLZ-723

Les Précieuses ridicules

MOLIÈRE

DISCARDED

farce

Édition présentée,
annotée et commentée
par
Brigitte DIAZ
Agrégée de Lettres modernes
Docteur ès Lettres

SOMMAIRE

Avant d'aborder le texte

Les Précieuses ridicules
MOLIÈRE

Comment lire l'œuvre

Avant d'aborder le texte

Les Précieuses ridicules

Genre : farce.

Auteur : Molière.

Structure : un acte.

Personnages principaux : Cathos, Magdelon, Mascarille, Jodelet, Gorgibus, La Grange, Du Croisy.

Sujet : Cathos et Magdelon, deux précieuses de province récemment installées à Paris, ont repoussé brutalement leurs deux prétendants, La Grange et Du Croisy, soutenus par Gorgibus, père de Magdelon et oncle de Cathos. Pour se venger, les deux gentilshommes chargent leurs valets, Mascarille et Jodelet, de séduire les jeunes filles. Les précieuses tombent dans le piège : elles succombent aux grâces des deux imposteurs qui, déguisés en petits marquis, font assaut de préciosité. Les gentilshommes éconduits interviennent alors brutalement : les faux marquis sont rossés et démasqués. Quant aux précieuses, elles sont mortifiées de s'être laissé prendre au manège de deux faux précieux de bas étage.

Première représentation : *Les Précieuses ridicules* furent jouées pour la première fois le 18 novembre 1659 dans la salle du Petit-Bourbon, à Paris. La pièce était donnée en deuxième partie, après *Cinna* de Corneille. Elle connut, dès la première représentation, un grand succès, qui se confirma par la suite, à la ville comme à la cour.

Molière dans le rôle de Mascarille.
« Souvenir du Jardin de la noblesse française », *peinture sur marbre,*
d'Abraham Bosse (1602-1676). Coll. Kugel, B.N., Paris.

MOLIÈRE
(1622-1673)

Naissance d'une vocation
1622

Lorsqu'il naît en 1622, à Paris, Jean-Baptiste Poquelin a devant lui une destinée toute tracée. Il est le fils d'un honorable marchand de la rue Saint-Honoré, détenteur d'un office de « tapissier ordinaire de la maison du roi ». En tant qu'aîné, il est appelé à succéder à son père.

1636-1642

Il reçoit une éducation aussi solide que soignée au collège de Clermont (l'actuel lycée Louis-le-Grand), alors tenu par les jésuites, un des meilleurs établissements de Paris. En 1637, il reçoit la survivance de la charge de tapissier ordinaire et valet de chambre du roi, deux titres qui lui permettront de faire une honnête fortune dans le métier. En 1642, il obtient une licence de droit à Orléans.

1643

C'est l'année de la rupture. Sous l'influence de ses lectures, de ses rencontres — notamment avec des penseurs libertins comme Gassendi et Cyrano de Bergerac — mais aussi de son attirance pour le monde du théâtre qu'il découvre à Paris dans les salles du Marais et de l'Hôtel de Bourgogne, Jean-Baptiste Poquelin rompt brusquement avec son milieu, sa famille et son avenir de tapissier, pour obéir à l'appel de sa vocation : le théâtre. Le 6 janvier 1643, il renonce officiellement à la charge de tapissier ordinaire du roi qui revient alors à son frère cadet. Sans se soucier du scandale que provoque son choix, véritable déchéance sociale, Jean-Baptiste Poquelin entre dans la carrière théâtrale.

L'apprentissage du métier
1643

Délaissant sa famille naturelle, il s'en crée vite une autre qu'il n'abandonnera jamais : celle de la troupe. Le 30 juin 1643, il s'associe avec les Béjart, jeunes et obscurs comédiens, pour fonder L'Illustre Théâtre. Un an plus tard, rompant définitivement avec son passé, il adopte le pseudonyme de Molière.

1643-1646

Dès ses débuts, la jeune compagnie se heurte à des difficultés financières. À deux reprises, Molière se retrouve en prison faute d'avoir honoré ses dettes. C'est pour lui le rude apprentissage du métier d'acteur, mais aussi de chef de troupe, puisque c'est la place qui lui revient dès la fondation de l'Illustre Théâtre. Quêtes de subventions auprès de riches protecteurs, recherches de salles bien situées, gestion de la troupe…, telles sont quelques-unes des tâches ingrates qui constituent l'ordinaire de sa vie laborieuse.

1646

Les innombrables difficultés rencontrées à Paris obligent la troupe à partir en province. Jusqu'en 1658, Molière sillonne les routes de France, d'abord dans le Midi et la vallée du Rhône puis dans l'ouest du pays. La troupe joue des tragédies et des tragi-comédies d'auteurs appréciés et célèbres comme Tristan l'Hermite et Du Ryer, mais aussi les farces — comme *Le Fagotier*, ou *La Jalousie du Barbouillé*, — que Molière écrit pour un public plus populaire.

1650

La troupe de Molière s'associe pour un temps à celle de Dufresne et bénéficie ainsi des subsides du duc d'Épernon, gouverneur de la Guyenne qui la patronnait.

1653

Molière et ses amis passent au service du prince de Conti, gouverneur du Languedoc. Molière se forme devant le public qui sera le sien tout au long de sa carrière : l'élite aristocratique du pays. Et c'est à lui, essentiellement, qu'il s'efforcera de plaire, en confortant à la fois ses goûts esthétiques et ses valeurs morales et idéologiques.

1655

Abandonnant momentanément le répertoire tragique, il crée à Lyon sa première comédie, *L'Étourdi*, inspirée du théâtre italien et de la *commedia dell'arte*. Dans ces années d'apprentissage, Molière confirme ses talents polyvalents de directeur de troupe, de metteur en scène, d'auteur, mais aussi de comédien. Il sait, grâce à sa culture et à son éducation qui tranchent avec le milieu ordinaire du théâtre, traiter avec les grands seigneurs. C'est aussi un habile directeur qui recrute opportunément des comédiens de valeur, comme la Du Parc, dite « Marquise », ou encore Catherine Leclerc qui deviendra la célèbre De Brie.

1656

Après sa conversion, le prince de Conti retire sa protection à la troupe de Molière qui cherche à nouveau appui auprès du duc d'Épernon. De nouvelles pérégrinations commencent, de nouveaux succès aussi, comme l'atteste ce jugement d'un contemporain, Donneau de Visé, qui rapporte que la troupe de Molière « effaça en peu de temps les troupes de campagne ». Molière et ses comédiens partent à la conquête de Paris.

Les chemins de la gloire
1658

S'attaquer à Paris, c'est entrer en rivalité avec deux troupes prestigieuses qui y sont solidement implantées et jouissent de privilèges royaux : la troupe de l'Hôtel de Bourgogne, les « grands comédiens », comme on les appelle alors, qui bénéficient de la protection du roi depuis 1629, et la troupe du Marais installée dans la salle du Marais depuis 1634. Le terrain est aussi occupé par les Italiens qui jouent la *commedia dell'arte* dans leur langue d'origine. Mais en 1658, Molière, fort de sa gloire naissante, obtient de Gaston d'Orléans la salle du Petit-Bourbon en alternance avec les Italiens, ainsi que le titre de « Troupe de Monsieur ».

1659

S'inspirant d'un sujet d'actualité, la préciosité, qui sévit alors dans les salons de l'aristocratie parisienne, Molière écrit une comédie d'un nouveau genre, *Les Précieuses ridicules*, où se mêlent la farce et la satire sociale. Le succès est tel qu'il déclenche l'hostilité des troupes rivales : l'Hôtel de Bourgogne fait interrompre les représentations pendant deux semaines au lendemain de la première. C'est le début d'une longue série de critiques et de cabales contre lesquelles Molière aura à lutter tout au long de sa carrière.

1661

Molière obtient une nouvelle consécration : le surintendant Fouquet lui commande un divertissement pour l'inauguration de son château de Vaux-le-Vicomte. Avec *Les Fâcheux*, Molière invente une nouvelle forme de spectacle qui inclut la comédie, la musique, la danse. Le roi, à qui la pièce était dédiée, est conquis par le génie théâtral de Molière, cette étoile montante qu'il saura faire briller au mieux pour sa gloire personnelle.

1662

Molière et sa troupe sont conviés à la cour, où ils jouent plusieurs fois devant le roi. Séduit, Louis XIV lui accorde sa faveur et son soutien. Bénéficiaire d'une gratification personnelle de 1 000 livres, Molière est, à partir de cette date, considéré comme un des collaborateurs attitrés des divertissements royaux. À cette réussite mondaine s'ajoutent des succès d'auteur : sa comédie, *L'École des femmes,* est un triomphe.

Crises et cabales
1662-1666

Une violente polémique éclate contre l'immoralité prétendue de *L'École des femmes*, à laquelle Molière répond par *La Critique de L'École des femmes*. C'est le début d'une série de chefs-d'œuvre mais aussi de luttes avec des adversaires qui ne lui pardonnent pas la justesse de sa satire. Les triomphes sont souvent suivis d'interdictions, c'est le cas du *Tartuffe* en 1664 et de *Dom Juan* en 1665. Durant ces années glorieuses et mouvementées Molière conserve le soutien du roi qui parraine son fils et donne à sa troupe le titre de « Troupe du Roi ». Mais il connaît, dans sa vie personnelle, de continuels déboires : mort de son fils qu'il perd en 1664 ; trahisons de sa jeune épouse, Armande Béjart ; premiers symptômes de la maladie qui l'emportera.

Le théâtre désenchanté
1666

Molière signe *Le Misanthrope*, qui connaît un accueil mitigé. Il renonce peu à peu à la grande comédie satirique et politique qui, manifestement, n'a plus droit de cité dans une société où la littérature est cantonnée au rôle d'amusement royal.

1667

Molière, en séjour à Saint-Germain pour les fêtes royales, ne parvient pas à faire lever l'interdiction du *Tartuffe*. Quittant le terrain politique, il retrouve celui du divertissement et de la farce.

1669

Le Tartuffe est enfin joué librement. Il y aura quarante-quatre représentations successives devant un public enthousiaste.

1670-1672

Molière excelle dans la création de comédies-ballets qui font de lui le grand maître des divertissements royaux. Sur le front de la comédie, il retrouve les sujets traditionnels de la farce avec *Le Bourgeois gentilhomme* (1670) et *Les Fourberies de Scapin* (1671). Il troque les questions brûlantes pour des débats moins engagés, comme l'éducation des femmes dans *Les Femmes savantes* (1672).

1672

Le roi accorde à Lully le privilège des représentations avec chant et musique. C'est le triomphe des pièces à grand spectacle et une semi-disgrâce pour Molière.

1673

Molière réplique avec *Le Malade imaginaire*, « comédie mêlée de musique et de danse ». La pièce est fort bien accueillie mais Molière n'aura pas le temps de savourer son succès. Il tient le rôle-titre et poursuit, malade, les représentations pour ne pas léser « cinquante ouvriers qui n'ont que leur journée pour vivre ». Le 17 février, à l'issue de la quatrième représentation, il meurt d'une hémorragie interne. Les prêtres appelés durant son agonie n'ont pas voulu se déplacer pour un acteur ; aussi M. le curé de Saint-Eustache lui refuse-t-il la sépulture. Après avoir supplié le roi, sa veuve, Armande Béjart, obtient l'autorisation de faire des funérailles chrétiennes, mais sans aucune pompe, « hors des heures du jour » et dans un coin reculé du cimetière Saint-Joseph.

Trois ans plus tard, le roi ordonne la fusion de la troupe de l'Hôtel de Bourgogne et de l'ancienne Troupe du Roi : c'est la naissance de la Comédie-Française.

À la naissance de l'âge classique

En 1659, une page du siècle est déjà tournée. Les conflits religieux, encore brûlants au début du règne de Louis XIII, s'éteignent peu à peu, même s'ils continuent à couver. L'échec de la Fronde (1648-1652) a également mis fin à l'esprit féodal et à ses rêves de grandeur, si bien entretenus par la littérature héroïque et romanesque du temps. Bourgeois parlementaires et nobles contestataires ont subi une égale défaite qui prépare le lit à la monarchie absolue. La fin de la régence d'Anne d'Autriche (1643-1661), marquée par l'intrigue et la spéculation, est cependant une période d'expansion économique et territoriale pour le pays. Tandis que le monde de la finance s'organise, qu'une nouvelle bourgeoisie prospère, la France accroît son territoire : par le traité de Westphalie (1648) signé avec l'Autriche, qui met fin à la guerre de Trente Ans, elle obtient l'Alsace ; la paix des Pyrénées (1659), scellée par le mariage de Louis XIV avec l'infante Marie-Thérèse, lui octroie le Roussillon. De 1648, début de la Fronde, à 1661, début du règne de Louis XIV, la France traverse une période de tensions, marquée par des heurts et des soubresauts dans les domaines politique, idéologique et esthétique. Cette effervescence fut néanmoins très féconde dans le domaine de l'art.

Mais déjà l'autre versant du siècle s'annonce : ce sera celui de Louis XIV, dont le règne commence en 1661, après la mort de Mazarin. Dans l'absolutisme de la monarchie louis-quatorzienne, une nouvelle esthétique va naître : équilibre, tempérance, modération s'affirment comme des valeurs universelles. C'est le triomphe des normes et des règles : la naissance de ce qu'on appellera le classicisme.

Salons, ruelles, alcôves

Pour comprendre comment *Les Précieuses ridicules* s'inscrivent dans leur temps, il faut retracer l'évolution de la préciosité au cours du siècle. Dans la France du XVIIe siècle, la préciosité ne fut pas simplement un phénomène littéraire. Sa naissance, au début du siècle, est liée à des circonstances politiques et sociales bien plus que littéraires. Elle prend racine dans le désir de courtisans et de femmes délicates de renouer avec une tradition de vie mondaine, raffinée et conviviale, que la rudesse de la cour d'Henri IV avait malmenée. Des salons se créèrent et la vie de cour se transféra peu à peu dans l'intimité toute relative de quelques grands hôtels aristocratiques. Son premier et plus brillant essor coïncide avec le rayonnement du salon de Mme de Rambouillet. Dans la célèbre « Chambre bleue » de son magnifique hôtel de la rue Saint-Thomas-du-Louvre, Catherine de Vivonne, marquise de Rambouillet, femme spirituelle et cultivée, recevait gens du monde et écrivains : Mme de Sablé, Mme de Clermont, La Valette et même Richelieu y côtoyaient des gens de lettres comme Malherbe, Racan, Vaugelas, puis Chapelain et Voiture. Après une relative éclipse à la mort de Malherbe (1628), la « Chambre bleue » retrouve tout son prestige et accueille les personnalités littéraires du moment : Mlle de Scudéry, Ménage, Scarron, Corneille y rencontrent la fine fleur de l'aristocratie, dont Mme de Sévigné et Mlle de La Vergne, future comtesse de La Fayette. De 1620 à 1645, le salon de celle que Voiture appelait, avec un anagramme précieux, « Arthénice », fut le plus brillant de Paris. C'était, selon Tallemant des Réaux, « le rendez-vous de ce qu'il y a de plus galant à la Cour et de plus poli parmi les beaux esprits du siècle ».

On s'y adonne aux jeux poétiques, tout en abhorrant le pédantisme sévissant dans les académies ou les salons de femmes savantes, comme celui de Mme d'Auchy. On y pratique la littérature comme un divertissement mondain qui favorise l'expression des talents artistiques de chacun dans l'émulation d'une socialité de bon ton. Les créations, nées dans le négligé de la conversation, y sont volontiers collectives : « guirlande » de poèmes dédiés à Julie d'Angennes, la fille de Mme de Rambouillet ; gazette où l'on relate les petits faits de la vie du groupe ; pastiches de lettres en vieux français… Ces jeux poétiques observent toujours les limites du bon ton et de la bienséance, et sont rarement imprimés. On est loin, dans la « Chambre bleue », des excès ridicules que Molière épinglera dans sa farce.

Vers le milieu du siècle, l'hôtel de Rambouillet cessa d'être le centre de la vie mondaine et fut bientôt relayé par une myriade de salons rivaux où la préciosité allait prospérer. En 1654, d'Aubignac, dans sa *Relation véritable du Royaume de Coquetterie*, se moque des « Précieuses, qui maintenant se donnent à bon marché », signalant par là le véritable avènement de ce phénomène de mode. Les dames du faubourg Saint-Germain ou du Marais reçoivent à présent dans leurs « ruelles » : trônant en idoles sur leur lit, elles accueillent autour d'elles un petit cercle d'intimes.

De toutes les ruelles, la plus en vogue alors est celle de Mlle de Scudéry, qui se fait appeler « Sapho ». De 1652 à 1659, ses « Samedis » rassemblent, dans son salon du Marais, une élégante société bourgeoise et de nombreux écrivains. Sapho, elle-même, écrit, et abondamment. *Le Grand Cyrus*, qu'elle publie de 1649 à 1653, mélange d'héroïsme et de chaste galanterie, étale sur dix volumes des récits merveilleux qui masquent, sous les affabulations antiques, des réflexions sur la société contemporaine. Théoricienne de la préciosité, elle entend expurger le langage de toutes ses scories ; mais elle est aussi une militante féministe avant la lettre. Elle est la reine des « Précieuses prudes », ces « jansénistes de l'amour », comme disait Ninon de Lenclos : dans l'amour et dans la sensualité ordinaire, elle ne voit qu'une aliénation de la femme. Pour autant, elle ne refuse pas la tendresse et le badinage qui se réalisent si bien dans l'amour précieux. Ces romans sont des manuels de civilité : dans une géographie imaginaire, « la carte de Tendre », une nouvelle socialité se dessine, raffinée et galante, où s'élabore cette morale de l'honnêteté qui prendra forme quelques années plus tard.

En 1659, année des *Précieuses ridicules*, la préciosité se diffuse dans de nouveaux milieux, moins littéraires et plus bourgeois. Les valeurs précieuses dégénèrent en se propageant : le raffinement se pervertit en maniérisme, le goût littéraire en snobisme, la galanterie en coquetterie… Ce ne sont plus que « singeries » qui vont déchaîner des réactions de rejet de plus en plus violentes. En 1659, Scarron se moque, lui aussi, dans son *Épître chagrine à Mgr le Maréchal d'Albret*, des ravages de la fausse préciosité, simulacre grotesque de la vraie :

« Mais revenons aux fâcheux et fâcheuses,
Au rang de qui je mets les précieuses,
Fausses, s'entend, et de qui tout le bon
Est seulement un langage ou jargon,
Un parler gras, plusieurs sottes manières,
Et qui ne sont enfin que façonnières,
Et ne sont pas précieuses de prix,
Comme il en est deux ou trois dans Paris,
Que l'on respecte autant que des princesses :
Mais elles font quantité de Singesses
Et l'on peut dire avecque vérité
Que leur modèle en a beaucoup gâté. »

L'essor de la vie littéraire

En 1658, année où Molière arrive à Paris, La Rochefoucauld entreprend la rédaction de ses *Maximes* ; Pascal, après ses *Lettres à un provincial*, songe déjà à la grande œuvre de sa vie, l'*Apologie de la religion chrétienne*, qu'on connaît mieux sous le titre des *Pensées* ; La Fontaine s'installe lui aussi à Paris et rencontre Fouquet, pour qui il écrira *Le Songe de Vaux* ; Madeleine de Scudéry poursuit la publication de sa *Clélie* ; Corneille revient au théâtre avec *Œdipe*… Le milieu du siècle connaît une efflorescence exceptionnelle de talents qui s'expriment en des genres différents. Comment expliquer cette vitalité féconde de la scène littéraire, que bientôt l'absolutisme louisquatorzien assagira ?

C'est d'abord le statut de l'écrivain qui a évolué. La création de l'Académie française par Richelieu en 1634 ; la multiplication des académies où l'on théorise sur la littérature ; l'ouverture des salons à l'écrivain, qui, à présent, a sa place dans la société aristocratique où son œuvre est lue, appréciée, commentée ; la naissance d'un public cultivé qui plébiscite la présence plus active des artistes dans le paysage culturel… tous ces facteurs contribuent à dynamiser la création littéraire. Sans compter que l'écrivain jouit à présent d'un mécénat qui tend à se développer et que Louis XIV, dont la « libéralité, selon Voiture, n'avait point d'exemple », poussera bientôt à son comble. Dès 1662, après l'éviction de Fouquet, qui déjà pensionnait généreusement nombre de jeunes poètes comme La Fontaine, le roi charge Colbert d'établir la liste des gens de lettres qui recevront une gratification. Molière, qui n'est encore que l'auteur des *Précieuses ridicules* et de *L'École des femmes*, y émarge pour 1 000 livres, alors que Corneille, au faîte de sa gloire, en reçoit 2 000. Par la suite, Molière sera sans doute un des écrivains qui bénéficieront le plus de la prodigalité royale. En 1665, le roi octroie une pension de 7 000 livres à la troupe et lui donne le titre de « Troupe du Roi ». En 1669, Molière devient le pourvoyeur des divertissements royaux. Des *Fâcheux* (1661) au *Malade imaginaire* (1673), quinze des vingt-cinq pièces qu'il écrit le seront pour le roi et la cour, et pratiquement toutes seront jouées chez les grands du royaume. Certes, ces gratifications se payent pour l'artiste en servitudes multiples, mais le génie de Molière lui permettra de répondre à la fois aux exigences royales et à la logique de sa création théâtrale.

L'invention de la comédie

Les Précieuses ridicules sont, on le sait, le premier succès de Molière, et cette farce en un acte, encore rudimentaire dans son écriture, annonce pourtant déjà le dramaturge et le satiriste de génie qu'il sera. Parti de la tradition qu'il a cherchée dans la farce et la *commedia dell'arte*, Molière ne l'oubliera jamais, son système dramatique se nourrissant constamment des éléments fécondants qu'il puise dans la vieille farce française ou latine : *L'École des femmes* met en scène un barbon amoureux et cocu ; *Le Tartuffe* inverse la figure du religieux en personnage démoniaque ; Scapin, en ses fourberies, distribue et reçoit les coups de bâton. Dès *Les Précieuses*, Molière exploite la puissance comique de personnages ridicules autour desquels la comédie se construit. Après les deux pecques provinciales, d'autres maniaques prendront place dans son théâtre : bourgeois entiché de noblesse *(Le Bourgeois gentilhomme)* ; vieillard amoureux d'un tendron *(L'École des femmes)* ; père de famille sous l'influence d'un faux dévot *(Le Tartuffe)*. Cette œuvre de jeunesse annonce cette dramaturgie de la synthèse par laquelle Molière va réinventer la comédie : déjà la satire sociale pointe à travers les mailles épaisses de la farce, la peinture psychologique complique les caractères typés de la *commedia dell arte* ; et l'éventail des procédés comiques s'enrichit d'un comique verbal qui dépasse de très loin, par son inventivité, les limites un peu étroites de la farce.

Enfin, *Les Précieuses ridicules* ont une postérité thématique dans l'œuvre de Molière, qui compose souvent par variation autour d'un même thème. Molière y aborde des questions qu'il reprendra par la suite dans une approche plus complexe : *L'École des femmes* développe le thème du mariage forcé et envisage cette fois le ridicule du point de vue masculin, en montrant un homme qui, par peur du savoir et du pouvoir des femmes, s'enferme dans un autoritarisme archaïque. *Les Femmes savantes* reprennent le thème de la préciosité à travers la question de l'éducation des femmes. Plus informée, plus nuancée, plus classique déjà, l'analyse de Molière plaide alors pour un juste équilibre fait de tolérance et de mesure.

Les Précieuses ridicules constituent donc une sorte de laboratoire dramaturgique, où s'élabore, dans le chaudron pétillant de la farce, l'alliage subtil de la « grande comédie ».

VIE	ŒUVRES
1622 Naissance de Jean-Baptiste Poquelin. Il est baptisé le 15 janvier 1622 à l'église Saint-Eustache à Paris.	
1636 Jean-Baptiste Poquelin entre au collège de Clermont.	
1639 Jean-Baptiste Poquelin quitte le collège de Clermont et entame des études de droit à Orléans.	
1642 Jean-Baptiste Poquelin termine ses études de droit à Orléans et obtient une licence de droit.	
1643 (30 juin) Fondation, avec Madeleine Béjart, de l'Illustre Théâtre.	
1644 Jean-Baptiste Poquelin prend le pseudonyme de Molière.	
1645 Molière part en province avec sa troupe.	**1645-1655** Molière écrit ses premières farces : *Le Fagotier, La Jalousie du Barbouillé, Gorgibus dans le sac.*

ÉVÉNEMENTS CULTURELS ET ARTISTIQUES	ÉVÉNEMENTS HISTORIQUES ET POLITIQUES
1622 Succès de Tirso de Molina en Espagne. *Œuvres poétiques* de Théophile de Viau.	**1622** Paix de Montpellier mettant fin à la guerre de religion en Béarn.
1624 Louis XIII fait construire le premier château de Versailles.	**1624** Richelieu entre au Conseil du Roi. **1628** Prise de La Rochelle par les troupes royales.
1634 Fondation par Richelieu de l'Académie française.	**1635** La France s'engage dans la guerre de Trente Ans.
1637 Corneille, *Le Cid*. Descartes, *Discours de la méthode*.	
1640 Corneille, *Horace*.	**1640** Prise d'Arras par les troupes royales. **1642** Mort de Richelieu.
1643 Scarron, *Œuvres burlesques*. Arrivée de Lully à Paris. **1644** Descartes, *Principes de la philosophie*.	**1643** Mort de Louis XIII. Début de la régence d'Anne d'Autriche secondée par le ministre Mazarin.
1646 Cyrano de Bergerac, *Le Pédant joué*. Saint-Amant, *Poésies*.	**1646** Prise de Dunkerque. **1648** Traité de Westphalie qui met fin à la guerre de Trente Ans.

Vie	Œuvres
1652 La troupe s'installe à Lyon. **1653** Molière et sa troupe passent sous la protection du prince de Conti.	
	1655 Création à Lyon de *L'Étourdi*, première comédie d'intrigue de Molière. **1656** *Le Dépit amoureux.*
1658 Retour à Paris de Molière et de sa troupe, qui devient « Troupe de Monsieur » et obtient l'autorisation d'occuper la salle du Petit-Bourbon.	
	1659 (18 novembre) Première représentation des *Précieuses ridicules*. **1660** Molière crée le personnage de Sganarelle qu'il interprète dans *Sganarelle ou le Cocu imaginaire*.
1661 (20 janvier) Molière inaugure avec sa troupe la salle du Palais-Royal.	**1661** Échec de *Dom Garcie de Navarre*, mais succès de *L'École des maris*. *Les Fâcheux* est jouée le roi à Vaux-le-Vicomte.
1662 (20 février) Molière épouse Armande Béjart, fille ou sœur de Madeleine Béjart.	**1662** Première représentation et grand succès de *L'École des femmes*. **1663** Molière répond à la querelle de *L'École des femmes* par *La Critique de L'École des femmes*, et *L'Impromptu de Versailles*.
1664 Naissance et mort du premier enfant de Molière, dont Louis XIV était le parrain.	**1664** Création et interdiction du *Tartuffe, ou l'Hypocrite*.

ÉVÉNEMENTS CULTURELS ET ARTISTIQUES	ÉVÉNEMENTS HISTORIQUES ET POLITIQUES
1649 Madeleine de Scudéry commence à publier *Le Grand Cyrus*. **1651** Corneille, *Nicomède*.	**1648-1652** Troubles de la Fronde.
1656-1657 D'Aubignac, *Pratique du théâtre*. Pascal, *Lettres à un provincial*.	
1659 Corneille, *Œdipe*. Villiers, *Le Festin de pierre*. **1660** La Fontaine, *Le Songe de Vaux*.	**1659** Traité des Pyrénées qui met fin à la guerre entre l'Espagne et la France. **1660** Louis XIV épouse Marie-Thérèse, infante d'Espagne. **1661** Mort de Mazarin et début du règne de Louis XIV. Arrestation de Fouquet.
1662 Mme de La Fayette, *La Princesse de Montpensier*. Corneille, *Sertorius*.	
1664 Racine, *La Thébaïde*. La Rochefoucauld, *Maximes*.	**1664** Condamnation de Fouquet à la prison à perpétuité.

VIE	ŒUVRES
1665 La « Troupe de Monsieur » devient la « Troupe du Roi ». Naissance de la première fille de Molière, Esprit-Madeleine. Molière se brouille avec Racine.	**1665** Après quinze représentations, interdiction de *Dom Juan*. Molière crée *L'Amour médecin*. **1666** *Le Misanthrope*, *Le Médecin malgré lui*. Molière participe aux grandes fêtes de Saint-Germain. **1667** Interdiction de la deuxième version du *Panulphe, ou l'Imposteur*. **1668** Molière donne *Amphitryon* au Palais-Royal et *George Dandin* à Versailles. *L'Avare* est jouée au Palais-Royal. **1669** Grand succès du *Tartuffe ou l'Imposteur* enfin autorisée. *Monsieur de Pourceaugnac* est jouée à Chambord. **1670** *Le Bourgeois gentilhomme* est donnée à Chambord. **1671** *Les Fourberies de Scapin*. *La Comtesse d'Escarbagnas* est jouée à Saint-Germain.
1672 Mort de Madeleine Béjart. Molière se brouille avec Lully qui a obtenu du roi le privilège des spectacles avec musique et chants. **1673** (17 février) Mort de Molière à l'issue de la quatrième représentation du *Malade imaginaire*. Le 21 février, Molière est enterré au cimetière Saint-Joseph.	**1672** *Les Femmes savantes*. **1673** Le 10 février, création du *Malade imaginaire* au Palais-Royal.

ÉVÉNEMENTS CULTURELS ET ARTISTIQUES	ÉVÉNEMENTS HISTORIQUES ET POLITIQUES
1665 La Fontaine, *Contes et Nouvelles*. Mort du peintre Nicolas Poussin.	
1666 Construction de la colonnade du Louvre. Boileau, *Satires* (I à VI). Furetière, *Le Roman bourgeois*.	
1667 Racine, *Andromaque*.	**1667** Conquête de la Flandre par la France. Début de la guerre de Dévolution.
1668 La Fontaine, *Fables*. Racine, *Les Plaideurs*.	**1668** Fin de la guerre de Dévolution. Paix d'Aix-la-Chapelle. Rattachement de la Flandre à la France.
1669 Racine, *Britannicus*. Guilleragues, *Lettres portugaises*.	
	1670 Mort de Madame.
	1671 Louis XIV prépare la guerre contre la Hollande.
1672 Racine, *Bajazet*. Corneille, *Pulchérie*.	**1672** Déclaration de guerre contre la Hollande. Passage du Rhin.
1673 Racine, *Mithridate*. Premier grand opéra de Lully, *Cadmus et Hermione*.	**1673** Prise de Maastricht. Conquête de la Hollande.
	1678 Paix de Nimègue. Fin de la guerre contre la Hollande. Rattachement de la Franche-Comté à la France.

La conception des *Précieuses ridicules*

Depuis son arrivée à Paris en 1658, Molière est en quête de son public. Le début de la saison 1659 est marqué par une série d'échecs ; et il a beau alterner farces, comme *Le Docteur amoureux, Jodelet maître, L'Étourdi, Le Dépit amoureux*, et tragédies, parmi lesquelles *Cinna, Rodogune, Héraclius*, il ne rencontre pas le succès attendu. Le *Registre* de La Grange, qui rejoint la troupe en avril 1659, signale qu'aucune représentation ne rapporta plus de 250 livres, ce qui est peu. Il y avait donc urgence pour le directeur à renflouer les caisses de la troupe. C'est sans doute d'abord en raison de cette nécessité financière que Molière entreprit d'écrire *Les Précieuses*, alors qu'il avait auparavant préféré exploiter les œuvres des autres. Le sujet qu'il choisit — la préciosité — était dans l'air du temps et il avait déjà fait couler bien de l'encre ; mais Molière sut se gagner l'unanimité du public en raillant chez les précieuses ce qui était bafoué par l'ensemble des « honnêtes gens ».

Si l'on peut dire que la préciosité est née au début du XVIIe siècle en réaction contre les rudesses de la cour d'Henri IV, ce n'est qu'au milieu du siècle qu'elle s'impose comme un « phénomène de société », ainsi que le suggère l'abbé de Pure en 1658 :

« Il est impossible de savoir comment le débit s'en est fait et comment la chose s'est rendue si commune. Il n'est plus de femme qui n'affecte d'avoir une précieuse dans son salon… Quand on entre dans une ruelle, comme les duchesses ont leur rang dans le cercle, ainsi la précieuse a le sien. »

Si la préciosité est partout, elle est cependant insaisissable, tant ses manifestations sont variables. Au-delà des observations qu'il a pu glaner dans ses tournées provinciales, car il y avait effectivement en province des salons précieux, Molière a sans doute eu connaissance de la pièce de Chappuzeau,

Le Cercle des femmes. Elle met en scène un pédant, amoureux d'une « jeune veuve d'un savant esprit », voulant se venger des rebuffades de la jeune femme par une mystification. Tout comme La Grange, il délègue auprès d'elle un « gros drôle » déguisé en « seigneur de marque », et la veuve, pour son malheur, tombe dans le piège : c'est la vengeance du pédant. Mis à part l'épisode de la mystification, la pièce de Chappuzeau est assez différente de celle de Molière. Aussi peut-on penser à une autre influence : celle d'une farce de l'abbé de Pure, intitulée *La Prétieuse*, représentée en 1656 au Théâtre-Italien. Si la pièce n'a pas été imprimée, on en connaît l'argument donné par l'auteur lui-même :

« Une fille se trouvait préférer un faux poète à un galant effectif et de condition et [...] par une erreur d'esprit donnait au mérite de ses ouvrages et de ses notions ce qu'elle ôtait au droit des gens du siècle qui suivent les sens et l'apparence. »

On reconnaît là un canevas assez proche des *Précieuses ridicules*. Molière a peut-être également pu lire le roman de l'abbé de Pure, *La Précieuse ou le Mystère des ruelles*, qui parut en quatre volumes de 1656 à 1658 et qui connut un très large succès. Cet ouvrage de plus de mille pages offre une peinture assez contrastée de la préciosité, hésitant entre la satire et l'apologie. L'abbé de Pure y évoque avec une ironie relativement bienveillante les préoccupations essentielles des cercles féminins de l'époque : casuistique amoureuse, problème du mariage, goût d'un langage épuré… Autant de thèmes que Molière va brasser à son tour, mais avec une autre verve : sa charge contre la préciosité empruntera les armes les plus lourdes de la bouffonnerie et de la farce.

La réception de la pièce

Le 18 novembre 1859, la pièce est donnée à Paris à la suite de *Cinna*. C'est un succès incontestable. Pourtant, les représentations sont interrompues le lendemain même pour laisser place à une tragédie, *Oreste et Pylade*, de Coqueteau de La Clairière, un ami de Corneille. Reprise le 2 décembre, la comédie rencontre à nouveau un succès triomphal. Dès lors, elle sera jouée avec le même bonheur et sera reprise, cette saison-là, plus de quarante fois, ce qui constitue à l'époque un record de longévité.

Si l'on sait, grâce au *Registre* de La Grange, que les représentations furent interrompues à deux reprises — une première fois le lendemain de la première, puis du 12 au 26 décembre 1659 — les historiens hésitent encore sur les raisons véritables de cette interruption. Baudeau de Somaize, dans son *Grand Dictionnaire des précieuses*, parle de l'intervention d'un « alcôviste de qualité », qui, blessé par les attaques de Molière contre les précieux, aurait fait interdire la pièce. Mais Somaize n'est pas un témoin très objectif, et l'on sait le rôle qu'il joua dans la « querelle des Précieuses ». Quelques jours après la première de la pièce de Molière, il fit paraître, chez le libraire Ribou, une autre pièce, manifestement calquée sur celle de Molière, intitulée *Les Véritables Précieuses*, qui n'a sans doute jamais été jouée, mais qui rencontra cependant un succès de librairie. Dans sa préface, Somaize accusait Molière d'avoir plagié la comédie de l'abbé de Pure, *La Prétieuse*, donnée en 1656 par les comédiens-italiens. Le succès de Molière déclencha l'hostilité de troupes ou d'auteurs rivaux : ainsi est-ce sans doute l'Hôtel de Bourgogne qui inspira à Somaize son pamphlet. Tous les témoignages de l'époque attestent de la réussite de la pièce, mais aussi des polémiques nombreuses qu'elle souleva.

Certains, comme Thomas Corneille, n'y virent qu'une vulgaire « bagatelle », une bouffonnerie grossière indigne de figurer, dans une même représentation, aux côtés de nobles tragédies. Ce sont les mêmes qui, quelques années plus tard, s'indigneront de la « tarte à la crème » de *L'École des femmes* et de l'invasion des procédés de la farce dans la comédie. Mais le succès d'une pièce, comme leur répondra Molière dans *La Critique de L'École des femmes*, se mesure avant tout à l'afflux du public et aux manifestations de son plaisir. En cela, celui des *Précieuses* fut complet. Tous les comptes rendus des contemporains, critiques ou non, soulignent l'engouement quasi général que suscita ce divertissement d'un nouveau genre. Loret, dans la livraison du 6 décembre 1659 de sa gazette, *la Muse historique*, s'émerveille que ce sujet pourtant « chimérique » ait réussi à gagner les suffrages presque unanimes d'un public pourtant difficile qui boudait, par ailleurs, les tragédies des plus grands, de Quinault à Corneille :

« Cette troupe de comédiens
Que Monsieur avoue être siens
Représentant sur leur théâtre
Une action assez folâtre,
Autrement un sujet plaisant,
À rire sans cesse induisant
Par des choses facétieuses,
Intitulé les *Précieuses*,
Ont été fort visités
Par gens de toutes qualités,
Qu'on n'en vit jamais tant ensemble,
Dans l'Hôtel du Petit-Bourbon. »

Ménage, qui assistait avec Mme de Rambouillet, à la première représentation, et qui appartenait pourtant au clan des précieux de la première heure, en fait lui aussi un compte rendu élogieux :

« J'étais à la première représentation des *Précieuses ridicules* de Molière au Petit-Bourbon. Mlle de Rambouillet y était, Mme de Grignan, tout le cabinet de l'hôtel de Rambouillet, M. Chapelain et plusieurs autres de ma connaissance. La pièce fut jouée avec un applaudissement général, et j'en fus si satisfait en mon particulier que je vis dès lors l'effet qu'elle allait produire […]. Cela arriva comme je l'avais prédit, et dès cette première représentation, l'on revint du galimatias et du style forcé. » *Menagiana*, II, 65.

Des loges jusqu'au parterre, la pièce enthousiasma un public hétérogène constitué de bourgeois ordinaires mais aussi de mondains, habitués des grands salons parisiens. Curieusement, ceux-là ne furent pas les derniers à rire des deux « pecques », comme le suggère Donneau de Visé qui, dans ses *Nouvelles Nouvelles*, signale que certains de ces précieux, dont pourtant Molière s'était moqué, lui

« donnèrent eux-mêmes des mémoires de tout ce qui se passait dans le monde, et des portraits de leurs propres défauts, et de ceux de leurs meilleurs amis » !

Le véritable coup de génie de Molière, c'est d'avoir su se concilier des publics aussi différents. Par la jovialité de la farce, il se gagnait l'adhésion du parterre, ravi de voir les deux bégueules dupées par deux valets rusés, et, en même temps, il entretenait la connivence avec son public aristocratique, en tournant en ridicule ces petites provinciales, qui singeaient si maladroitement les grandes dames tenant salon. Bref, comme l'écrit Grimarest, premier biographe de Molière, avec *Les Précieuses ridicules* Molière conquit, et pour longtemps, le public parisien :

« Molière enleva tout à fait l'estime du public en 1659 par les *Précieuses ridicules*. Cette pièce fut représentée au simple la première fois, mais le jour suivant on fut obligé de la mettre au double, à cause de la foule incroyable qui y avait été le premier jour. »

La Vie de M. de Molière, 1705.

Au Grand Siècle, le succès d'une pièce se mesure également à la faveur que le roi lui accorde. Segrais, un habitué de l'hôtel de Rambouillet, témoigne de la consécration royale de la pièce :

« Ce furent les *Précieuses* qui mirent Molière en réputation. La pièce ayant eu l'approbation de tout Paris, on l'envoya à la cour, qui était alors au voyage des Pyrénées, où elle fut très bien reçue. »

Segraisiana.

Après le roi, qui la vit à plusieurs occasions, les grands seigneurs purent à leur tour applaudir la pièce lors de ces représentations privées, qu'on appelait alors des « visites ». Le *Registre* de La Grange fait état de plus de cent représentations en « visite ». Les pièces données à ces occasions étaient celles qui avaient rencontré le plus grand succès à la ville. Dans la période 1660-1665, *Les Précieuses ridicules* figurent au nombre de ces succès sélectionnés pour le plaisir des grands. Elles furent notamment jouées le 4 février 1660 chez Mme du Plessis-Guénégaud, qui recevait en son hôtel de Nevers une société choisie, constituée notamment de précieuses distinguées, parmi lesquelles Mlle de Scudéry. Ce qui prouve, notons-le, que ces grandes précieuses ne se sont pas réellement senties visées par la satire de Molière.

On peut enfin évaluer le succès de la pièce à l'abondante production théâtrale qu'elle généra. *Les Précieuses ridicules* marquèrent en effet le point de départ d'une vaste polémique sur la préciosité : ce devint la question à la mode dont bien des auteurs s'emparèrent pour se tailler leur part de gloire. Parmi eux, le plus âprement engagé contre Molière, Baudeau de Somaize. Quoiqu'il accuse l'auteur des *Précieuses ridicules* d'avoir plagié l'abbé de Pure, ses *Véritables Précieuses* sont grossièrement calquées sur celles de Molière. Ce qui ne l'empêche pas, cependant, de faire tenir à l'un de ses personnages une violente diatribe contre la troupe du Petit-Bourbon. L'année suivante, il persiste et signe une vague transcription en vers des *Précieuses ridicules*, ainsi que son *Grand Dictionnaire des précieuses ou la Clef de la langue des ruelles*, auquel s'adjoindra peu après *Le Procès des précieuses en vers burlesques*. Le filon, on le voit, fut largement exploité, comme l'atteste aussi la quantité impressionnante de pièces, anonymes ou signées, qui reprendront le thème de la préciosité : *La Déroute des Précieuses* (1659), *Le Cercle des femmes* (1659), *La Vraie et la Fausse Précieuse* (1660), *L'Académie des femmes* (1661), *La Mascarade d'amour ou la Nouvelle des Précieuses prudes* (1663)...

Les premières représentations

De Molière, Tallemant des Réaux disait en 1658 : « Ce n'est pas un merveilleux acteur, si ce n'est pour le ridicule » : jugement un peu dur que confirment cependant tous les contemporains qui reconnurent à Molière, à défaut d'un talent de tragédien, le génie de l'expression comique. On trouverait quelques indications de son jeu dans *La Critique de L'École des femmes*, où un personnage, le décrivant dans le rôle d'Arnolphe, épingle « [ses] roulements d'yeux extravagants, [ses] soupirs ridicules, et [ses] larmes niaises qui font rire tout le monde ». En ce qui concerne la mise en scène, il est difficile, faute de documents précis, de la reconstituer avec exactitude. *L'Impromptu de Versailles* livre des indications sur les choix scénographiques de Molière, qui semble s'être beaucoup inspiré de la gestualité débridée de la *commedia dell'arte*. Comme ses maîtres italiens, Molière excellait dans l'improvisation, et sans doute ne ménageait-il pas ses effets dans le rôle de Mascarille : il chantait, arpentait la scène à grandes enjambées et gesticulait dans cet invraisemblable accoutrement qu'a décrit Mlle Desjardins. Sans constituer un document absolument fiable, son *Récit en prose et en vers de la farce des Précieuses* nous laisse imaginer l'exubérance et les facéties du marquis de Mascarille sur scène :

« Sa perruque était si grande qu'elle balayait la place à chaque fois qu'il faisait la révérence [...]. Son rabat se pouvait appeler un honnête peignoir, et ses canons semblaient n'être faits que pour servir de caches aux enfants qui jouent à la clinemusette ; et en vérité, Madame, je ne crois pas que les tentes des jeunes Massagètes soient plus spacieuses que ses honorables canons. Un brandon de galants lui sortait de sa poche comme d'une corne d'abondance, et ses souliers étaient si couverts de rubans qu'il ne m'est pas possible de vous dire s'ils étaient de roussi, de vache d'Angleterre ou de maroquin ; du moins sais-je bien qu'ils avaient un demi-pied de haut, et que j'étais fort en peine de savoir comment des talons si hauts et si délicats pouvaient porter le corps du marquis, ses rubans, ses canons, et la poudre. »

La première publication

Dans la préface qu'il donne à sa pièce, Molière explique pourquoi, pour la première fois dans sa jeune carrière, il décida de livrer à l'impression une de ses pièces. On connaît l'histoire : le libraire Ribou, spéculateur sans scrupule, avait obtenu, le 12 janvier 1660, un double privilège pour la pièce de Somaize, *Les Véritables Précieuses*, et pour celle de

Molière, dont il avait fait faire une copie frauduleuse. La réaction de Molière ne tarda pas : le 19 janvier 1660, il parvint à faire annuler le privilège de Ribou et en obtint un nouveau pour sa comédie qui fut achevée d'imprimer le 29 janvier. Si l'on en croit la préface, c'est avec un plaisir nuancé d'ironie qu'il se joignit à la confrérie de « Messieurs les auteurs, à présent ses confrères ». Bien que les comédies, comme le dit Molière, ne soient faites « que pour être jouées », toutes les siennes, à partir des *Précieuses ridicules*, seront imprimées, mais l'homme de théâtre qu'il était d'abord ne prit jamais la peine de donner une véritable édition de ses œuvres, se bornant, en général, à livrer à l'éditeur la copie brute, sans annotations ni commentaires, de la pièce qu'il venait de présenter sur scène.

Thierry Hancisse (Mascarille), Yves Gasc (Jodelet), Catherine Samie (Marotte) dans la mise en scène de Jean-Luc Boutté. Comédie-Française, 1993.

*Buste de Molière sculpté par Jean-Antoine Houdon (1741-1828).
Musée des Beaux-Arts, Orléans.*

Les Précieuses ridicules

MOLIÈRE

farce

*Représentée pour la première fois
le 18 novembre 1659*

PRÉFACE

C'est une chose étrange qu'on imprime les gens malgré eux[1]. Je ne vois rien de si injuste, et je pardonnerais toute autre violence plutôt que celle-là.

Ce n'est pas que je veuille faire ici l'auteur modeste, et mépriser, par honneur[2], ma comédie. J'offenserais mal à propos tout Paris, si je l'accusais d'avoir pu applaudir à une sottise. Comme le public est le juge absolu de ces sortes d'ouvrages[3], il y aurait de l'impertinence à moi de le démentir ; et, quand j'aurais eu la plus mauvaise opinion du monde de mes *Précieuses ridicules* avant leur représentation, je dois croire maintenant qu'elles valent quelque chose, puisque tant de gens ensemble en ont dit du bien. Mais, comme une grande partie des grâces qu'on y a trouvées dépendent de l'action[4] et du ton de voix, il m'importait qu'on ne les dépouillât pas de ces ornements ; et je trouvais que le succès qu'elles avaient eu dans la représentation était assez beau pour en demeurer là. J'avais résolu, dis-je, de ne les faire voir qu'à la chandelle, pour ne point donner lieu à quelqu'un de dire le proverbe[5] ; et je ne voulais pas qu'elles sautassent du théâtre de Bourbon[6] dans

---

1. **Malgré eux** : un auteur rival et indélicat avait fait faire une copie de la pièce pour la vendre au libraire-éditeur Ribou. Échaudé par cette mésaventure, Molière, qui n'avait jusqu'alors jamais songé à faire imprimer ses œuvres, prit un privilège pour l'impression des pièces déjà écrites et surveilla plus attentivement les publications « pirates ».
2. **Par honneur** : par souci de ma réputation d'auteur.
3. **Sortes d'ouvrages** : le public est le seul juge de la valeur d'une pièce, c'est l'argument que reprendra Molière quelques années plus tard dans *La Critique de L'École des femmes*.
4. **De l'action** : du jeu des acteurs.
5. **Dire le proverbe** : Molière fait allusion au proverbe « Cette femme est belle à la chandelle, mais le jour gâte tout ».
6. **Théâtre de Bourbon** : c'est dans ce théâtre que la troupe de Molière s'était installée en 1658.

la galerie du Palais[1]. Cependant je n'ai pu l'éviter, et je suis tombé dans la disgrâce de voir une copie dérobée de ma pièce entre les mains des libraires, accompagnée d'un privilège[2] obtenu par surprise[3]. J'ai eu beau crier : Ô temps ! ô mœurs ! on m'a fait voir une nécessité pour moi d'être imprimé, ou d'avoir un procès ; et le dernier mal est encore pire que le premier. Il faut donc se laisser aller à la destinée, et consentir à une chose qu'on ne laisserait pas[4] de faire sans moi.

Mon Dieu ! l'étrange embarras qu'un livre à mettre au jour, et qu'un auteur est neuf[5] la première fois qu'on l'imprime ! Encore si l'on m'avait donné du temps, j'aurais pu mieux songer à moi, et j'aurais pris toutes les précautions que messieurs les auteurs, à présent mes confrères, ont coutume de prendre en semblables occasions. Outre quelque grand seigneur que j'aurais été prendre malgré lui pour protecteur[6] de mon ouvrage, et dont j'aurais tenté la libéralité[7] par une épître dédicatoire bien fleurie, j'aurais tâché de faire une belle et docte préface ; et je ne manque point de livres qui m'auraient fourni tout ce qu'on peut dire de savant sur la tragédie et la comédie, l'étymologie de toutes deux, leur origine, leur définition et le reste[8].

J'aurais parlé aussi à mes amis, qui, pour la recommandation de ma pièce, ne m'auraient pas refusé, ou des vers français, ou des vers latins. J'en ai même qui m'auraient loué en grec, et l'on n'ignore pas qu'une louange en grec est d'une merveilleuse effi-

---

1. **La galerie du Palais :** les galeries du palais de justice étaient garnies de nombreuses boutiques, dont celles des libraires qui sont aussi à l'époque des éditeurs.
2. **Privilège :** on appelle ainsi l'autorisation délivrée par le roi qui seul peut permettre à un éditeur ou à un auteur de faire imprimer son œuvre.
3. **Obtenu par surprise :** Ribou avait en effet obtenu grâce à une ruse le privilège d'imprimer la pièce de Molière.
4. **On ne laisserait pas :** on ne manquerait pas.
5. **Neuf :** naïf, sans expérience.
6. Molière se moque ici des pratiques courantes des auteurs de l'époque qui tentaient de se gagner de force la protection de hauts personnages en leur dédiant leurs œuvres dans des épîtres dédicatoires.
7. **Tenté la libéralité :** provoqué la générosité.
8. **Et le reste :** Molière se moque des pédants qui élaborent de savantes théories sur les règles de la tragédie et de la comédie mais seraient incapables d'en écrire.

cace[1] à la tête d'un livre. Mais on me met au jour sans me donner le loisir de me reconnaître[2] ; et je ne puis même obtenir la liberté de dire deux mots pour justifier mes intentions sur le sujet de cette comédie. J'aurais voulu faire voir qu'elle se tient partout dans les bornes de la satire honnête[3] et permise ; que les plus excellentes choses sont sujettes à être copiées par de mauvais singes qui méritent d'être bernés[4] ; que ces vicieuses imitations de ce qu'il y a de plus parfait ont été de tout temps la matière de la comédie ; et que, par la même raison, les véritables savants et les vrais braves ne se sont point encore avisés de s'offenser du Docteur de la comédie, et du Capitan[5] ; non plus que les juges, les princes et les rois, de voir Trivelin[6], ou quelque autre, sur le théâtre, faire ridiculement le juge, le prince ou le roi : aussi les véritables précieuses auraient tort de se piquer[7], lorsqu'on joue les ridicules qui les imitent mal. Mais enfin, comme j'ai dit, on ne me laisse pas le temps de respirer, et M. de Luyne[8] veut m'aller relier[9] de ce pas : à la bonne heure, puisque Dieu l'a voulu.

---

1. **Efficace** : efficacité. Emploi courant de l'adjectif substantivé au XVIIe siècle.
2. **Me reconnaître** : reprendre mes esprits et maîtriser la situation.
3. **Satire honnête** : satire conforme à la bienséance.
4. **Bernés** : raillés, tournés en dérision.
5. **Docteur de la comédie, et du Capitan** : Molière fait ici allusion aux personnages traditionnels de la *commedia dell'arte*. Le docteur est le type du pédant ridicule et le Capitan est un fanfaron sans scrupules.
6. **Trivelin** : personnage niais et malhonnête issu lui aussi de la comédie italienne.
7. **Se piquer** : se vexer.
8. **M. de Luyne** : le libraire-éditeur de Molière.
9. **Relier** : il n'y avait à l'époque que des livres reliés. Si Molière semble s'étonner, c'est qu'il n'avait pas eu jusqu'alors le souci de faire imprimer et relier sous forme de livres ses deux précédentes comédies.

Madeleine Béjart dans le rôle de Magdelon.
« Souvenir du Jardin de la noblesse française »,
peinture sur marbre, d'Abraham Bosse (1602-1676).
Coll. Kugel, B.N., Paris.

LA GRANGE[1] ⎫
DU CROISY[2] ⎬ *amants rebutés*[3].

GORGIBUS[4] *bon bourgeois.*

MAGDELON[5] *fille de Gorgibus, Précieuse ridicule.*

CATHOS[6] *nièce de Gorgibus, Précieuse ridicule.*

MAROTTE[7] *servante des Précieuses ridicules.*

ALMANZOR[8] *laquais des Précieuses ridicules.*

---

1. **La Grange :** comme il est de tradition dans la farce, les personnages portent les noms des acteurs qui ont créé le rôle. La Grange entra dans la troupe de Molière en 1659. Spécialisé dans les rôles de jeunes premiers, il était également le secrétaire de la troupe, et à ce titre il tenait son *Registre*, qui reste une source d'informations précieuses sur la vie théâtrale de l'époque et sur l'évolution de la troupe de Molière.
2. **Du Croisy :** comédien de province qui entra dans la troupe en 1659 avec La Grange.
3. **Amants rebutés :** amoureux éconduits.
4. **Gorgibus :** personnage de farce créé par Molière dans *Le Médecin volant* (1659). Il préfigure toute une série de bourgeois sans finesse mais pleins de bon sens.
5. **Magdelon :** se prononce Madelon. Diminutif de Madeleine (Madeleine Béjart tenait le rôle).
6. **Cathos :** se prononce Cathau. Diminutif de Catherine, prénom de l'actrice De Brie, qui jouait le personnage.
7. **Marotte :** diminutif familier probable de Marie, prénom de Mlle Ragueneau, titulaire du rôle.
8. **Almanzor :** nom d'un personnage d'un roman précieux, *Polexandre* de Gomberville.

LE MARQUIS DE MASCARILLE[1]   *valet de La Grange.*
LE VICOMTE DE JODELET[2]   *valet de Du Croisy.*
Deux porteurs de chaise[3].
Voisines.
Violons.

La scène est à Paris, dans une salle basse
de la maison de Gorgibus.

1. **Mascarille** : au sens propre « petit masque ». Le personnage, qui incarne le type du valet hardi et joyeux, apparaissait masqué. C'était Molière qui tenait le rôle.
2. **Jodelet** : acteur célèbre spécialisé dans les rôles de bouffon. Il jouait le visage enfariné. Avant de rejoindre la troupe de Molière, il fut la vedette de nombreuses comédies de Scarron et de Th. Corneille.
3. **Porteurs de chaise** : rôles tenus par Louis Béjart, jeune frère de Madeleine, et par René Berthelot, mari de la Du Parc.

SCÈNE PREMIÈRE. LA GRANGE,
DU CROISY.

DU CROISY. Seigneur La Grange...

LA GRANGE. Quoi ?

DU CROISY. Regardez-moi un peu sans rire.

LA GRANGE. Eh bien ?

5 DU CROISY. Que dites-vous de notre visite ? en êtes-vous fort satisfait ?

LA GRANGE. À votre avis, avons-nous sujet de l'être tous deux ?

DU CROISY. Pas tout à fait, à dire vrai.

10 LA GRANGE. Pour moi, je vous avoue que j'en suis tout scandalisé. A-t-on jamais vu, dites-moi, deux pecques[1] provinciales faire plus les renchéries[2] que celles-là, et deux hommes traités avec plus de mépris que nous ? À peine ont-elles pu se résoudre à nous faire donner des sièges. Je n'ai 15 jamais vu tant parler à l'oreille qu'elles ont fait[3] entre elles, tant bâiller, tant se frotter les yeux, et demander tant de fois : « Quelle heure est-il ? » Ont-elles répondu que[4] oui et non à tout ce que nous avons pu leur dire ? Et ne m'avoue-rez-vous pas enfin que, quand nous aurions été[5] les dernières 20 personnes du monde, on ne pouvait nous faire pis qu'elles ont fait ?

---

1. **Pecques** : femmes sottes et prétentieuses. Expression triviale et méprisante.
2. **Faire les renchéries** : adopter une attitude hautaine et dédaigneuse.
3. **Qu'elles ont fait** : la construction du verbe « faire » sans le pronom personnel complément qu'on attendrait est d'usage au XVIIe siècle.
4. **Que** : autre chose que.
5. **Quand nous aurions été** : quand bien même nous aurions été.

DU CROISY. Il me semble que vous prenez la chose fort à cœur.

LA GRANGE. Sans doute[1], je l'y prends[2], et de telle façon,
25 que je veux me venger de cette impertinence[3]. Je connais ce qui nous a fait mépriser. L'air[4] précieux n'a pas seulement infecté Paris, il s'est aussi répandu dans les provinces, et nos donzelles[5] ridicules en ont humé leur bonne part. En un mot, c'est un ambigu[6] de précieuse et de coquette que leur per-
30 sonne. Je vois ce qu'il faut être pour en être bien reçu ; et si vous m'en croyez, nous leur jouerons tous deux une pièce[7] qui leur fera voir leur sottise, et pourra leur apprendre à connaître un peu mieux leur monde.

DU CROISY. Et comment encore ?

35 LA GRANGE. J'ai un certain valet, nommé Mascarille, qui passe, au sentiment de beaucoup de gens, pour une manière de bel esprit[8] ; car il n'y a rien à meilleur marché que le bel esprit maintenant. C'est un extravagant, qui s'est mis dans la tête de vouloir faire l'homme de condition[9]. Il se pique ordi-
40 nairement de galanterie[10] et de vers, et dédaigne les autres valets, jusqu'à les appeler brutaux[11].

DU CROISY. Eh bien ! qu'en prétendez-vous faire[12] ?

---

1. **Sans doute :** sans aucun doute.
2. **Je l'y prends :** je prends la chose fort à cœur. Usage habituel du pronom « y » au XVIIe siècle.
3. **Impertinence :** sottise, maladresse inconvenante.
4. **L'air :** la mode.
5. **Donzelles :** jeunes sottes. Mot péjoratif provenant du provençal.
6. **Ambigu :** un mélange. Le mot désignait ordinairement un repas où l'on sert ensemble le salé et le sucré.
7. **Pièce :** bon tour, farce.
8. **Bel esprit :** homme raffiné, de grande culture artistique et littéraire.
9. **Faire l'homme de condition :** se prendre pour un noble.
10. **Galanterie :** courtoisie et élégance dans les manières.
11. **Brutaux :** aussi stupides et grossiers que les animaux.
12. **Qu'en prétendez-vous faire ? :** que voulez-vous faire de lui ? Dans le langage classique, le pronom « en » peut renvoyer à une personne.

LA GRANGE. Ce que j'en prétends faire ? Il faut... Mais sortons d'ici auparavant.

SCÈNE 2. GORGIBUS, DU CROISY, LA GRANGE.

GORGIBUS. Eh bien ! vous avez vu ma nièce et ma fille : les affaires[1] iront-elles bien ? Quel est le résultat de cette visite ?

LA GRANGE. C'est une chose que vous pourrez mieux apprendre d'elles que de nous. Tout ce que nous pouvons
5 vous dire, c'est que nous vous rendons grâce de la faveur que vous nous avez faite, et demeurons vos très humbles serviteurs[2].

GORGIBUS. *seul.* Ouais ! il semble qu'ils sortent mal satisfaits d'ici. D'où pourrait venir leur mécontentement ? Il faut
10 savoir un peu ce que c'est. Holà !

SCÈNE 3. MAROTTE, GORGIBUS.

MAROTTE. Que désirez-vous, Monsieur ?

GORGIBUS. Où sont vos maîtresses ?

MAROTTE. Dans leur cabinet[3].

---

1. **Les affaires :** les projets de mariage.
2. **Vos très humbles serviteurs :** ces formules d'une politesse excessive sont ironiques et expriment au contraire le mécontentement des jeunes gens.
3. **Cabinet :** pièce de l'appartement où l'on se retire pour travailler ou pour converser entre intimes.

GORGIBUS. Que font-elles ?

5 MAROTTE. De la pommade pour les lèvres.

GORGIBUS. C'est trop pommadé[1]. Dites-leur qu'elles descendent. *(Seul.)* Ces pendardes-là, avec leur pommade, ont, je pense, envie de me ruiner. Je ne vois partout que blancs d'œufs[2], lait virginal[3], et mille autres brimborions[4] que je
10 ne connais point. Elles ont usé, depuis que nous sommes ici, le lard[5] d'une douzaine de cochons, pour le moins, et quatre valets vivraient tous les jours des pieds de mouton qu'elles emploient.

1. **Pommadé** : néologisme précieux, ironique dans la bouche de Gorgibus qui
n'apprécie pas les manières affectées des jeunes filles.
2. **Blancs d'œufs** : les blancs d'œufs entraient dans la fabrication de crèmes
de beauté pour éclaircir le teint.
3. **Virginal** : pur. Le lait virginal était un produit de beauté à base de lait.
4. **Brimborions** : petits objets sans valeur.
5. **Lard** : la graisse tirée du cochon et du mouton entrait dans la composition
de différents onguents et pommades à usage cosmétique.

REPÈRES

• Traditionnellement, les premières scènes d'une comédie doivent livrer aux spectateurs les informations essentielles sur les circonstances de l'action et sur les personnages : c'est ce qu'on appelle l'exposition. Relevez dans la première scène toutes les informations qui sont données sur le cadre, les motifs de l'action et sur les personnages qui y participent.

• À la fin de la première scène, avons-nous une idée précise de l'intrigue qui va se développer ?

• Comment les scènes 2 et 3 viennent-elles compléter le tableau proposé dans la première scène ?

• Que pensez-vous de cette exposition ? Comment Molière parvient-il, très rapidement, à plonger le spectateur au cœur de l'action ?

OBSERVATION

• À quel milieu appartiennent Du Croisy et La Grange ? Quel était le but de leur visite chez Gorgibus ? S'attendaient-ils à un si mauvais accueil ?

• Les deux jeunes gens ne réagissent pas de la même manière. Précisez l'attitude et le caractère de chacun en analysant la longueur et le ton de leurs répliques respectives.

• La Grange est dominé par deux sentiments : lesquels ? Montrez comment la première scène s'organise en deux temps autour de ces deux sentiments.

• Trouvez dans les propos de La Grange la phrase qui annonce très clairement la suite de l'action et le ressort essentiel de la farce.

• D'après le portrait qu'en brosse La Grange, faites la fiche d'identité de Mascarille : ses origines, sa fonction, ses prétentions... En quoi pourrait-il plaire aux précieuses ?

• En étudiant les propos de Gorgibus (scènes 2 et 3), précisez son caractère ainsi que les rapports qu'il entretient avec les deux précieuses.

• Relevez et classez toutes les informations qui sont données sur les deux jeunes filles : leur nom, leur âge, leurs centres d'intérêt, leur façon de parler, leur mode de vie. Pourquoi Molière a-t-il choisi de faire de ses précieuses des provinciales ?

Interprétations

• L'exposition est un moment stratégique dans une pièce de théâtre, quel qu'en soit le genre. Tout l'art du dramaturge consiste à évoquer, sans trop les dévoiler, les ressorts de l'action future. Il doit aussi éviter de faire de l'exposition un moment mort du point de vue dramatique. Molière a exploité toutes les formes d'exposition, mais il privilégie, en général, le mouvement. Est-ce le cas ici ? Comment imaginez-vous l'entrée en scène de La Grange et de Du Croisy ?

• Dans les trois premières scènes, on parle beaucoup des précieuses mais on ne les voit pas. Quels sont, selon vous, les avantages que Molière tire de cette présentation indirecte ?

• Montrez comment les réflexions de La Grange permettent à Molière de situer l'action de sa comédie dans un contexte historique, social et culturel.

SCÈNE 4. GORGIBUS, MAGDELON, CATHOS.

GORGIBUS. Il est bien nécessaire vraiment de faire tant de dépense pour vous graisser le museau[1]. Dites-moi un peu ce que vous avez fait à ces Messieurs, que[2] je les vois sortir avec tant de froideur ? Vous avais-je pas[3] commandé de les
5 recevoir comme des personnes que je voulais vous donner pour maris ?

MAGDELON. Et quelle estime, mon père, voulez-vous que nous fassions[4] du procédé irrégulier[5] de ces gens-là ?

CATHOS. Le moyen, mon oncle, qu'une fille un peu raison-
10 nable se pût accommoder de leur personne[6] ?

GORGIBUS. Et qu'y trouvez-vous à redire ?

MAGDELON. La belle galanterie[7] que la leur ! Quoi ? débuter d'abord[8] par le mariage !

GORGIBUS. Et par où veux-tu donc qu'ils débutent ? par le
15 concubinage[9] ? N'est-ce pas un procédé dont vous avez sujet de vous louer toutes deux aussi bien que moi ? Est-il rien de

---

1. **Vous graisser le museau** : vous maquiller.
2. **Que** : pour que.
3. **Vous avais-je pas** : la particule « ne » n'était pas obligatoire pour l'interrogation, dans la syntaxe de l'époque.
4. **Quelle estime [...] nous fassions** : comment voulez-vous que nous estimions... ? Au lieu d'employer tout simplement le verbe « estimer », Magdelon se sert d'une périphrase à la manière des précieux.
5. **Procédé irrégulier** : comportement choquant, non conforme au code de la galanterie précieuse.
6. **Le moyen [...] personne** : comment une fille pourrait-elle trouver le moyen de s'accommoder de leur personne ?
7. **Galanterie** : ici au sens de courtoisie et de cour amoureuse.
8. **D'abord** : dès l'abord, d'entrée de jeu.
9. **Concubinage** : vie de couple hors des liens du mariage. Terme fortement péjoratif à l'époque.

plus obligeant[1] que cela ? Et ce lien sacré où ils aspirent[2], n'est-il pas un témoignage de l'honnêteté de leurs intentions ?

MAGDELON. Ah ! mon père, ce que vous dites là est du der-
20 nier bourgeois[3]. Cela me fait honte de vous ouïr parler de la sorte, et vous devriez un peu vous faire apprendre le bel air[4] des choses.

GORGIBUS. Je n'ai que faire ni d'air ni de chanson. Je te dis que le mariage est une chose sainte et sacrée, et que c'est faire
25 en honnêtes gens[5] que de débuter par là.

MAGDELON. Mon Dieu, que, si tout le monde vous ressemblait, un roman serait bientôt fini ! La belle chose que ce serait si d'abord Cyrus épousait Mandane[6], et qu'Aronce de plain-pied fût marié à Clélie[7] !

30 GORGIBUS. Que me vient conter celle-ci ?

MAGDELON. Mon père, voilà ma cousine qui vous dira, aussi bien que moi, que le mariage ne doit jamais arriver qu'après les autres aventures. Il faut qu'un amant[8], pour être agréable, sache débiter[9] les beaux sentiments, pousser[10] le

---

1. **Obligeant :** poli et conforme à l'idéal de courtoisie et d'honnêteté du temps.
2. **Où ils aspirent :** auquel ils aspirent. Au XVIIᵉ siècle, l'usage du pronom adverbial « où » est plus souple que de nos jours.
3. **Du dernier bourgeois :** extrêmement bourgeois. Tournure précieuse à valeur superlative.
4. **Le bel air :** la manière du beau monde.
5. **Faire en honnêtes gens :** agir de façon décente et estimable.
6. **Cyrus, Mandane :** héros et héroïne du roman précieux *Le Grand Cyrus*, de Mˡˡᵉ de Scudéry (en 10 volumes, parus de 1649 à 1653).
7. **Aronce, Clélie :** héros et héroïne d'un autre roman de Mˡˡᵉ de Scudéry, *Clélie* (10 volumes, parus de 1654 à 1660). Comme la plupart des héros et héroïnes de Mˡˡᵉ de Scudéry, ces deux couples n'arrivent à s'épouser qu'après de multiples péripéties qui sont racontées en dix volumes.
8. **Amant :** amoureux, prétendant.
9. **Débiter :** exprimer avec aisance.
10. **Pousser :** exprimer. Dans *L'École des femmes*, Arnolphe dit de se méfier des « pousseuses de beaux sentiments », autrement dit, des précieuses.

35 doux, le tendre et le passionné, et que sa recherche[1] soit dans les formes. Premièrement, il doit voir au temple[2], ou à la promenade, ou dans quelque cérémonie publique, la personne dont il devient amoureux ; ou bien être conduit fatalement[3] chez elle par un parent ou un ami, et sortir de là
40 tout rêveur et mélancolique. Il cache un temps sa passion à l'objet[4] aimé, et cependant[5] lui rend plusieurs visites, où l'on ne manque jamais de mettre sur le tapis[6] une question galante[7] qui exerce les esprits de l'assemblée[8]. Le jour de la déclaration arrive, qui se doit faire ordinairement dans une
45 allée de quelque jardin, tandis que la compagnie s'est un peu éloignée ; et cette déclaration est suivie d'un prompt courroux, qui paraît à notre rougeur[9], et qui, pour un temps, bannit l'amant de notre présence. Ensuite il trouve moyen de nous apaiser, de nous accoutumer insensiblement au discours
50 de sa passion[10], et de tirer de nous cet aveu[11] qui fait tant de peine[12]. Après cela viennent les aventures, les rivaux[13] qui se

---

1. **Recherche** : il s'agit de la cour assidue que le prétendant doit faire à sa future épouse.
2. **Temple** : c'est le mot noble pour désigner l'église, qui est aussi à l'époque un lieu de rencontres mondaines.
3. **Fatalement** : comme sous l'emprise de la fatalité.
4. **Objet** : personne.
5. **Cependant** : pendant ce temps.
6. **Mettre sur le tapis** : amener la conversation sur. Tournure précieuse, passée, depuis, dans la langue courante.
7. **Une question galante** : une réflexion sur le thème de l'amour.
8. **Les esprits de l'assemblée** : il s'agit ici des réunions mondaines, au cours desquelles les précieux aimaient à pratiquer des jeux de société divers : devinettes, bouts-rimés, jeux du portrait, etc.
9. **Paraît à notre rougeur** : qui se manifeste parce que nous rougissons.
10. **Discours de sa passion** : la déclaration de son amour.
11. **Aveu** : déclaration d'amour réciproque.
12. **Qui fait tant de peine** : si l'aveu d'amour fait tant de peine, c'est parce qu'il faut surmonter sa pudeur pour le faire.
13. **Rivaux** : les complications sont fréquentes dans les romans précieux, où les amoureux en titre ont toujours à combattre des rivaux plus ou moins menaçants.

jettent à la traverse[1] d'une inclination[2] établie, les persé-
cutions des pères, les jalousies conçues sur de fausses apparences, les plaintes, les désespoirs, les enlèvements, et ce qui
55 s'ensuit. Voilà comme[3] les choses se traitent dans les belles
manières et ce sont des règles dont, en bonne galanterie, on
ne saurait se dispenser. Mais en venir de but en blanc[4] à
l'union conjugale, ne faire l'amour[5] qu'en faisant le contrat
du mariage, et prendre justement le roman par la queue[6] !
60 encore un coup, mon père, il ne se peut rien de plus marchand[7] que ce procédé[8] ; et j'ai mal au cœur de la seule
vision que cela me fait.

GORGIBUS. Quel diable de jargon entends-je ici ? Voici bien
du haut style.

65 CATHOS. En effet, mon oncle, ma cousine donne dans le vrai
de la chose[9]. Le moyen de bien recevoir des gens qui sont
tout à fait incongrus en galanterie ? Je m'en vais gager[10] qu'ils
n'ont jamais vu la carte de Tendre[11], et que Billets-Doux,
Petits-Soins, Billets-Galants et Jolis-Vers[12] sont des terres
70 inconnues pour eux. Ne voyez-vous pas que toute leur

---

1. **À la traverse** : en travers, contre.
2. **Inclination** : penchant amoureux.
3. **Comme** : comment.
4. **De but en blanc** : immédiatement.
5. **Faire l'amour** : faire la cour.
6. **Par la queue** : commencer le roman d'amour par la fin, en l'occurrence,
par le mariage.
7. **Rien de plus marchand** : rien de plus vulgaire.
8. **Procédé** : façon d'agir, comportement.
9. **Le vrai de la chose** : la vérité de la chose. Le langage précieux abuse de
l'adjectif substantivé.
10. **Gager** : parier.
11. **Carte de Tendre** : carte de géographie allégorique évoquée par Mlle de
Scudéry dans *Clélie*, qui décrit, à travers différentes contrées, tous les
sentiments amoureux ainsi que l'itinéraire symbolique que les amants doivent
suivre pour parvenir jusqu'à leur maîtresse.
12. **Billets-Doux [...] Jolis-Vers** : noms de villages figurant sur la « carte de
Tendre ».

personne marque[1] cela, et qu'ils n'ont point cet air qui donne d'abord[2] bonne opinion des gens ? Venir en visite amoureuse avec une jambe toute unie[3], un chapeau désarmé de plumes[4], une tête irrégulière en cheveux[5], et un habit qui
75 souffre une indigence de rubans[6] !... mon Dieu, quels amants sont-ce là ! Quelle frugalité d'ajustement et quelle sécheresse de conversation[7] ! On n'y dure point, on n'y tient pas. J'ai remarqué encore que leurs rabats[8] ne sont pas de la bonne faiseuse, et qu'il s'en faut plus d'un grand demi-pied que leurs
80 hauts-de-chausses[9] ne soient assez larges.

GORGIBUS. Je pense qu'elles sont folles toutes deux, et je ne puis rien comprendre à ce baragouin[10]. Cathos, et vous, Magdelon...

MAGDELON. Eh ! de grâce, mon père, défaites-vous de ces
85 noms étranges, et nous appelez[11] autrement.

GORGIBUS. Comment, ces noms étranges ! Ne sont-ce pas vos noms de baptême ?

MAGDELON. Mon Dieu, que vous êtes vulgaire ! Pour moi, un de mes étonnements, c'est que vous ayez pu faire une fille
90 si spirituelle que moi. A-t-on jamais parlé dans le beau style de Cathos ni[12] de Magdelon ? et ne m'avouerez-vous pas que

---

1. **Marque** : indique, signifie clairement.
2. **D'abord** : dès le premier abord.
3. **Une jambe toute unie** : un haut-de-chausse sans dentelles ni rubans.
4. **Désarmé de plumes** : dépourvu de plumes.
5. **Irrégulière en cheveux** : sans perruque soigneusement poudrée et peignée.
6. **Indigence de rubans** : un habit dépourvu des ornements habituels.
7. **Frugalité d'ajustement** [...] **sécheresse de conversation** : formules précieuses qui consistent à associer, dans une métaphore, un terme abstrait à un terme concret.
8. **Rabats** : cols de toile qui se rabattaient sur la veste ou la robe.
9. **Hauts-de-chausses** : culottes allant de la ceinture aux genoux.
10. **Baragouin** : langue que l'on ne comprend pas et qui paraît barbare.
11. **Nous appelez** : appelez-nous.
12. **Ni** : et.

ce serait assez d'un de ces noms pour décrier[1] le plus beau roman du monde ?

CATHOS. Il est vrai, mon oncle, qu'une oreille un peu déli-
95 cate pâtit furieusement[2] à entendre prononcer ces mots-là ; et le nom de Polixène que ma cousine a choisi, et celui d'Aminte[3] que je me suis donné, ont une grâce dont il faut que vous demeuriez d'accord.

GORGIBUS. Écoutez, il n'y a qu'un mot qui serve : je n'en-
100 tends point que vous ayez d'autres noms que ceux qui vous ont été donnés par vos parrains et marraines ; et pour ces Messieurs dont il est question, je connais leurs familles et leurs biens, et je veux résolument que vous vous disposiez à les recevoir pour maris. Je me lasse de vous avoir sur les bras,
105 et la garde de deux filles est une charge un peu trop pesante pour un homme de mon âge.

CATHOS. Pour moi, mon oncle, tout ce que je vous puis dire, c'est que je trouve le mariage une chose tout à fait choquante. Comment est-ce qu'on peut souffrir la pensée de coucher
110 contre un homme vraiment nu ?

MAGDELON. Souffrez que nous prenions un peu haleine[4] parmi le beau monde de Paris, où nous ne faisons que d'arriver. Laissez-nous faire à loisir le tissu de notre roman[5], et n'en pressez point tant la conclusion.

---

1. **Décrier** : déconsidérer, discréditer.
2. **Pâtit furieusement** : souffre terriblement. Les précieux raffolent de toutes les tournures hyperboliques, et notamment des adverbes superlatifs.
3. **Polixène, Aminte** : on sait que les précieuses avaient coutume de se rebaptiser en s'inspirant de la mythologie grecque et latine. Mme de Rambouillet se faisait appeler Arthénice et Mlle de Scudéry, Sapho. Aminte est le titre d'une pastorale, Polixène est un nom troyen.
4. **Que nous prenions un peu haleine** : que nous fassions connaissance.
5. **Le tissu de notre roman** : le roman d'amour que nous avons imaginé.

115 GORGIBUS, *à part*. Il n'en faut point douter, elles sont achevées[1] . *(Haut.)* Encore un coup, je n'entends rien à toutes ces
balivernes ; je veux être maître absolu ; et pour trancher
toutes sortes de discours, ou vous serez mariées toutes deux
avant qu'il soit peu, ou, ma foi ! vous serez religieuses : j'en
120 fais un bon serment.

1. **Achevées** : complètement folles.

REPÈRES

• Où se passe la scène et dans quel état se trouve Gorgibus à l'arrivée de Magdelon et de Cathos ?
• Quel est le motif de son entretien avec elles ?
• L'affrontement d'un père et de ses enfants est une scène typique de la comédie de Molière : en connaissez-vous d'autres exemples ? Cherchez des scènes du même type dans *Les Femmes savantes*.
• Deux univers radicalement étrangers s'affrontent ici. Comment se marque cette opposition ? Identifiez les valeurs de chacun des protagonistes.

OBSERVATION

• Étudiez la structure de la scène. Donnez un titre à chacune des parties. Cette scène vous semble-t-elle bien équilibrée ?
• Quels sont les liens familiaux entre Magdelon et Cathos ? Sur quel ton s'adressent-elles à Gorgibus ? Sont-elles respectueuses de son autorité ? Pourquoi ?
• Montrez comment Gorgibus essaye de faire entendre raison aux précieuses. Y parvient-il ? Que pensez-vous du vocabulaire et des arguments qu'il utilise ?
• La conception de l'amour exposée par Magdelon est extrêmement codée et ne laisse guère de place à l'imprévu. En analysant l'organisation de son discours et les formules qu'elle utilise, montrez que l'amour est pour elle un rituel presque religieux. Quelles en sont les étapes essentielles ? Sur quels modèles de référence s'appuie cette conception de l'amour ?
• Sur quels arguments repose la critique féroce que Cathos fait des deux jeunes prétendants, La Grange et Du Croisy ? Montrez qu'elle attache plus d'importance au paraître qu'à l'être.
• Les arguments avancés par Gorgibus pour contraindre les jeunes filles au mariage vous semblent-ils pertinents ? Sont-ils de nature à convaincre les deux précieuses ?
• Comparez Gorgibus à Chrysale de *L'École des femmes* (II, 7). Ont-ils la même conception du statut de la femme dans la famille ?

Interprétations

• Les deux précieuses, à travers leurs allusions, nous proposent un parcours pittoresque dans le paysage littéraire de l'époque. Documentez-vous sur les œuvres qu'elles évoquent, notamment sur leurs thèmes, leurs formes, les succès qu'elles ont rencontrés.

• Selon vous, quel type de lectrices sont-elles et quelle place la littérature occupe-t-elle dans leur vie ?

• Pensez-vous que Gorgibus partage cette culture romanesque ? Pourquoi ?

• Comme Chrysale, dans *Les Femmes savantes*, Gorgibus incarne le bourgeois attaché à de solides valeurs matérielles et il n'entend rien aux subtilités des précieuses. Comment se manifeste ici cette incompréhension ?

• En vous aidant de l'index des notions, répertoriez, sous forme de tableau, les comparaisons, métaphores, hyperboles et autres figures de style utilisées par les précieuses. Qu'en concluez-vous sur leur façon de s'exprimer ?

• Comparez ensuite leur langage à celui de Gorgibus et définissez le registre de langue employé par chacun.

• L'entrée en scène des précieuses et les discours qu'elles prononcent sont-ils conformes à l'image que les trois premières scènes avaient dessinée d'elles ?

• En quoi ces précieuses sont-elles ridicules ?

La satire sociale

La couleur satirique du tableau se dessine dès ces premières scènes, chaque personnage venant prendre sa place sur l'échiquier social. Du Croisy, mais surtout La Grange, hommes de condition, incarnent une morale de civilité et de bienséance qui va se trouver froissée par les excentricités des deux jeunes précieuses. La Grange, porte-parole de Molière, énonce le premier un jugement sans appel contre la préciosité qui, dit-il, a « infecté » Paris et la province. La petite vengeance qu'il envisage a aussi une fonction curative : révéler au grand jour les inepties auxquelles mènent les excès de la préciosité. Gorgibus, prototype du « père de comédie », incarne le bon sens bourgeois dont Molière s'est si souvent moqué par ailleurs. Sans finesse et sans élégance, il ne saurait constituer une alternative à la société précieuse. Aussi vulgaire que ses filles sont maniérées, il représente ce matérialisme bourgeois qui fait tant rire, alors, les gens « bien nés ». Ce père au nom ridicule n'a d'autre souci que de « caser » les deux filles qui sont à sa charge, peu soucieux de leur bonheur conjugal. Quant aux deux précieuses, ces bourgeoises qui récusent les valeurs de leur classe, elles cherchent à s'élever au-dessus de leur condition en appliquant dans la vie des modèles tirés de leurs lectures. C'est aussi de cela que Molière les punira en les condamnant à s'éprendre de deux valets. Au XVIIᵉ siècle, la promotion sociale n'est pas à l'ordre du jour : les bourgeois gentilshommes qui cherchent à s'élever au-dessus de leur condition sont cruellement ramenés à la réalité.

La logique de la préciosité

Voulant rompre avec la vulgarité bourgeoise, les deux jeunes filles tombent dans l'extravagance et le jargon. À travers elles, ce n'est pas tant de la préciosité que Molière se moque, mais de ce qu'elle devient, quand, quittant les prestigieux salons littéraires de la capitale, elle dégénère en une parodie grotesque chez les bourgeoises de province. Magdelon propose une version caricaturale de l'amour selon le code précieux : éthéré, maniéré, imprégné des modèles romanesques. Programmé jusque dans ses moindres détails, il ne laisse aucune place à la spontanéité et à la sincérité. Cathos, elle, confond la réalité avec la fiction et pérore doctoralement sur le pays de Tendre. Toutes deux érigent en science absolue ce qui n'est que fantaisie romanesque : belle occasion pour Molière de tourner en ridicule l'orgueil de ce faux savoir, cible privilégiée qu'il reprendra dans *Les Femmes savantes*.

Au-delà de la préciosité proprement dite, Molière dénonce une maladie sociale atemporelle : le snobisme. Le snob, selon la définition du dictionnaire, est une « personne qui méprise par vanité tout ce qui n'est pas issu des milieux tenus pour distingués, et qui copie sans discernement les opinions, les manières, les usages de ces milieux à la mode, se faisant gloire des relations qu'elle peut s'y faire ». Cette définition convient parfaitement aux deux précieuses qui sont prêtes à renier leur père pour son manque d'élégance, et qui singent, sans discernement, ce qu'elles croient être les manières du « beau monde ».

Le rire de la farce

Tout en intégrant dans sa comédie la peinture de caractère et la satire sociale, Molière n'oublie pas les ingrédients traditionnels de la farce. La comédie n'est-elle pas avant tout divertissement ? Dès les premières scènes, les ressorts, connus mais efficaces, de la farce fonctionnent : l'intrigue est réduite à l'essentiel et prépare les effets qui vont suivre ; La Grange a annoncé sa vengeance et on pressent qu'elle sera cocasse ; les personnages sont caricaturaux à souhait, non seulement dans leurs paroles, qui frôlent le baragouin, mais dans leur comportement. Les oppositions spectaculaires prêtent d'emblée à rire : on imagine mal la cohabitation entre les deux précieuses qui passent leur temps en maquillage et en babillage et le bon Gorgibus, plus occupé à faire fructifier ses biens. Dès les premiers accords, le comique est au rendez-vous.

SCÈNE 5. CATHOS, MAGDELON.

CATHOS. Mon Dieu ! ma chère, que ton père a la forme enfoncée dans la matière[1] ! que son intelligence est épaisse et qu'il fait sombre dans son âme !

MAGDELON. Que veux-tu, ma chère ? J'en suis en confusion
5 pour lui. J'ai peine à me persuader que je puisse être véritablement sa fille, et je crois que quelque aventure, un jour, me viendra développer[2] une naissance plus illustre.

CATHOS. Je le croirais bien ; oui, il y a toutes les apparences du monde ; et pour moi, quand je me regarde aussi...

SCÈNE 6. MAROTTE, CATHOS, MAGDELON.

MAROTTE. Voilà un laquais qui demande si vous êtes au logis, et dit que son maître vous veut venir voir.

MAGDELON. Apprenez, sotte, à vous énoncer moins vulgairement. Dites : « Voilà un nécessaire[3] qui demande si vous
5 êtes en commodité d'être visibles[4]. »

---

1. **La forme enfoncée dans la matière** : par ces termes philosophiques et pédants, Cathos accuse Gorgibus de faire preuve de matérialisme grossier.
2. **Développer** : dégager, révéler.
3. **Nécessaire** : quelqu'un dont on a besoin, c'est-à-dire un valet. Adjectif substantivé, typique du langage précieux.
4. **En commodité d'être visibles** : périphrase ampoulée et inutilement compliquée.

MAROTTE. Dame ! je n'entends point[1] le latin, et je n'ai pas appris, comme vous, la filofie[2] dans *le Grand Cyre*[3].

MAGDELON. L'impertinente ! Le moyen de souffrir cela ? Et qui est-il, le maître de ce laquais ?

10 MAROTTE. Il me l'a nommé le marquis de Mascarille.

MAGDELON. Ah ! ma chère, un marquis ! Oui, allez dire qu'on nous peut voir. C'est sans doute un bel esprit qui aura ouï parler de nous.

CATHOS. Assurément, ma chère.

15 MAGDELON. Il faut le recevoir dans cette salle basse[4], plutôt qu'en notre chambre[5]. Ajustons un peu nos cheveux au moins, et soutenons notre réputation. Vite, venez nous tendre ici dedans le conseiller des grâces[6].

MAROTTE. Par ma foi, je ne sais point quelle bête c'est là :
20 il faut parler chrétien[7], si vous voulez que je vous entende.

CATHOS. Apportez-nous le miroir, ignorante que vous êtes, et gardez-vous bien d'en salir la glace par la communication de votre image. *(Elles sortent.)*

---

1. **N'entends point** : ne comprends pas.
2. **Filofie** : déformation maladroite du mot « philosophie ».
3. **Le Grand Cyre** : Marotte, qui n'est pas savante, écorche le titre du roman de Mlle de Scudéry, *Le Grand Cyrus*, confondant sans doute « Cyre » et « sire ».
4. **Salle basse** : pièce du rez-de-chaussée de l'habitation où l'on prend ses repas. On voit à ce détail que ces précieuses peu fortunées ne possèdent pas de salon de réception.
5. **Chambre** : le mot ne fait pas forcément référence à la chambre à coucher mais à une pièce destinée à recevoir amis et invités. Magdelon ne juge sans doute pas la chambre dont elle dispose à la hauteur de la situation.
6. **Conseiller des grâces** : métaphore précieuse désignant le miroir.
7. **Parler chrétien** : expression populaire pour dire « parler intelligiblement ».

MAGDELON. Apprenez, sotte, à vous énoncer moins vulgairement.
Gravure de Maurice Sand (1823-1889) pour une édition des
Précieuses ridicules. *Coll. Rondel, bibliothèque de l'Arsenal, Paris.*

Repères

• Observez comment les aigreurs et les frustrations qu'expriment les deux précieuses sur leur condition sociale préparent la farce dont elles vont être victimes.

• De quelles façons, dans ces deux courtes scènes, Molière suggère-t-il l'engouement niais de ces deux petites provinciales pour le monde aristocratique ?

• En quoi peut-on parler ici de scènes de transition ?

Observation

• Cathos et Magdelon préfèrent à la réalité de leur vie bourgeoise le rêve aristocratique qu'elles alimentent par la lecture de romans héroïques et galants. Recherchez dans ces deux scènes tous les indices qui suggèrent qu'elles vivent dans une illusion romanesque.

• Les tournures ampoulées qu'elles utilisent sont une façon de masquer une réalité jugée trop prosaïque. Dans cette optique, la périphrase s'impose comme une des figures de style privilégiées du langage précieux. Relevez et analysez, dans leurs propos, différentes périphrases.

• La servante Marotte incarne le bon sens populaire. Quels effets Molière tire-t-il de ses interventions et de ses reparties ?

• Molière a souvent exploité les contrastes comiques entre gens du peuple et gens du monde ou prétendus tels : comparez notamment cette scène avec la scène 6 de l'acte II des Femmes savantes.

• Le nom de Mascarille a une tonalité bouffonne que les deux précieuses ne remarquent pas. Pourquoi ? Le public, lui, sait parfaitement qui il est : dans quelle position se trouve-t-il ainsi placé par rapport aux deux précieuses ?

• Le texte ne comporte aucune indication scénique, mais l'on peut cependant, grâce à certains indices, imaginer les gestes et les attitudes des personnages. Relevez ces indices et essayez, à partir d'eux, d'ébaucher une mise en scène.

INTERPRÉTATIONS

• On pressent déjà, grâce à ces deux scènes, que la cible de Molière n'est pas tant la préciosité, phénomène culturel auquel quelques grandes dames comme la marquise de Rambouillet ont donné leurs lettres de noblesse, que son imitation dans les salons bourgeois. Le premier ridicule de ces précieuses de province, c'est de se rêver une naissance illustre et de s'enthousiasmer pour la visite d'un marquis, quand bien même il s'appelle Mascarille.

• En quelques traits bien sentis, la satire sociale se précise, et, comme souvent chez Molière, c'est le personnage du peuple qui incarne la raison.

• Observez comment fonctionne, parallèlement, la dynamique de la farce : avec l'arrivée de Mascarille, le piège est prêt à se refermer sur les deux précieuses.

SCÈNE 7. MASCARILLE, DEUX PORTEURS.

MASCARILLE. Holà, porteurs, holà ! Là, là, là, là, là, là. Je pense que ces marauds-là ont dessein de me briser à force de heurter contre les murailles et les pavés.

PREMIER PORTEUR. Dame ! c'est que la porte est étroite : 5 vous avez voulu aussi que nous soyons entrés[1] jusqu'ici.

MASCARILLE. Je le crois bien. Voudriez-vous, faquins[2], que j'exposasse l'embonpoint de mes plumes[3] aux inclémences de la saison pluvieuse, et que j'allasse imprimer mes souliers en boue[4] ? Allez, ôtez votre chaise[5] d'ici.

10 DEUXIÈME PORTEUR. Payez-nous donc, s'il vous plaît, Monsieur.

MASCARILLE. Hem ?

DEUXIÈME PORTEUR. Je dis, Monsieur, que vous nous donniez de l'argent, s'il vous plaît.

15 MASCARILLE, *lui donnant un soufflet*. Comment, coquin, demander de l'argent à une personne de ma qualité[6] !

DEUXIÈME PORTEUR. Est-ce ainsi qu'on paye les pauvres gens ? et votre qualité nous donne-t-elle à dîner ?

---

1. **Nous soyons entrés** : le bon usage exigerait ici l'emploi du subjonctif imparfait que le porteur ne sait manifestement pas utiliser.
2. **Faquins** : misérables, canailles. Au sens propre un faquin est un porteur.
3. **L'embonpoint de mes plumes** : Mascarille désigne par cette périphrase grotesque les plumes abondantes qui parent son chapeau.
4. **Imprimer mes souliers en boue** : souiller mes souliers dans la boue.
5. **Chaise** : chaise à porteurs. Elle n'était pas encore d'usage courant en 1659.
6. **De ma qualité** : une personne de qualité est une personne de noble naissance.

MASCARILLE. Ah ! ah ! ah ! je vous apprendrai à vous
20 connaître ! Ces canailles-là s'osent jouer à moi[1].

PREMIER PORTEUR, *prenant un des bâtons de sa chaise.* Çà !
payez-nous vitement[2] !

MASCARILLE. Quoi ?

PREMIER PORTEUR. Je dis que je veux avoir de l'argent tout
25 à l'heure[3].

MASCARILLE. Il[4] est raisonnable.

PREMIER PORTEUR. Vite donc.

MASCARILLE. Oui-da. Tu parles comme il faut, toi ; mais
l'autre est un coquin qui ne sait ce qu'il dit. Tiens : es-tu
30 content ?

PREMIER PORTEUR. Non, je ne suis pas content : vous avez
donné un soufflet à mon camarade, et... *(Levant son bâton.)*

MASCARILLE. Doucement. Tiens, voilà pour le soufflet. On
obtient tout de moi quand on s'y prend de la bonne façon.
35 Allez, venez me reprendre tantôt pour aller au Louvre, au
petit coucher[5].

---

1. **Se jouer à moi** : s'en prendre à moi.
2. **Vitement** : immédiatement.
3. **Tout à l'heure** : tout de suite.
4. **Il** : selon l'usage du siècle, le pronom peut avoir une valeur impersonnelle
et signifier « cela ». C'est sans doute le cas ici.
5. **Petit coucher** : c'est le moment qui précède le coucher du roi, pendant lequel
il converse avec des officiers de la cour et quelques privilégiés ; y être admis est
un signe de grande faveur.

SCÈNE 8. MAROTTE, MASCARILLE.

MAROTTE. Monsieur, voilà mes maîtresses qui vont venir tout à l'heure.

MASCARILLE. Qu'elles ne se pressent point : je suis ici posté[1] commodément pour attendre.

5 MAROTTE. Les voici.

Jean-Paul Bazziconi (un porteur) et Francis Perrin (Mascarille)
dans la mise en scène de Francis Perrin, Grand Trianon de Versailles, 1990.

---

1. **Posté** : placé, installé. Ce mot a une connotation un peu guerrière qui convient bien au fanfaron qu'est Mascarille.

Repères

• Tandis que les deux coquettes sont en train de s'apprêter pour recevoir dignement ce marquis, attiré, pensent-elles, par leur « réputation », Mascarille fait irruption sur scène. En quoi cette arrivée intempestive et bruyante fait-elle un contraste comique avec les attentes des deux précieuses ? Est-ce là le « bel esprit » qu'elles espéraient ?

Observation

• Relevez dans ces deux scènes les indices qui renvoient aux pratiques et aux modes de vie de l'époque. Quelles fonctions ont-ils ici ?

• Mascarille, disait La Grange, passe pour une « manière de bel esprit » et « se pique de galanterie ». Montrez comment le personnage confirme ce jugement. Relevez et analysez, dans ses propos, métaphores et hyperboles.

• À travers cet extravagant, c'est aussi le type du fanfaron que Molière dessine. Relevez dans le discours et le comportement de Mascarille tout ce qui relève du mensonge et de la grossièreté.

• La Bruyère, lui aussi, à travers *Les Caractères*, a peint les vices et les travers de ses contemporains : reportez-vous au personnage d'Arrias (chapitre V des *Caractères*) et comparez-le avec Mascarille.

• Cris, gesticulations et coups de bâton abondent dans cette scène. Quels en sont les effets ?

Interprétations

• Avec Mascarille, c'est la farce qui fait irruption dans la comédie de mœurs. Relevez tous les éléments qui appartiennent à ce genre : costumes, gestes, cris, coups…

• Demandez-vous comment ces deux scènes s'insèrent dans la continuité dramatique.

• Dans les scènes 13 et 14, c'est Mascarille, cette fois, qui subit la bastonnade. Cherchez dans la pièce d'autres effets de symétrie ou de contraste. Qu'en conclure sur l'écriture dramatique de Molière ?

SCÈNE 9. MASCARILLE, MAGDELON, CATHOS, ALMANZOR.

MASCARILLE, *après avoir salué.* Mesdames[1], vous serez surprises, sans doute, de l'audace de ma visite ; mais votre réputation vous attire cette méchante affaire[2], et le mérite[3] a pour moi des charmes[4] si puissants, que je cours partout
5 après lui.

MAGDELON. Si vous poursuivez le mérite, ce n'est pas sur nos terres que vous devez chasser.

CATHOS. Pour voir chez nous le mérite, il a fallu que vous l'y ayez amené.

10 MASCARILLE. Ah ! je m'inscris en faux[5] contre vos paroles. La renommée accuse[6] juste en contant ce que vous valez ; et vous allez faire pic, repic et capot[7] tout ce qu'il y a de galant[8] dans Paris.

MAGDELON. Votre complaisance pousse un peu trop avant
15 la libéralité[9] de ses louanges ; et nous n'avons garde, ma

---

1. **Mesdames** : titre honorifique donné à une femme mariée, ou à une fille de haute naissance. Par extension, s'applique également aux jeunes filles de la bourgeoisie.
2. **Méchante affaire** : visite embarrassante. Antiphrase exagérée dans le plus pur style précieux.
3. **Mérite** : talent, valeur personnelle.
4. **Charmes** : attraits surnaturels auxquels il est impossible de résister.
5. **S'inscrire en faux** : protester. Expression empruntée au vocabulaire de la justice qui signifie : attaquer un document comme étant un faux.
6. **Accuse** : indique.
7. **Faire pic, repic et capot** : formules utilisées dans un jeu de cartes de l'époque, le piquet, quand le joueur remporte une victoire absolue sur ses adversaires.
8. **Tout ce qu'il y a de galant** : toutes les personnalités les plus brillantes des salons à la mode.
9. **La libéralité** : la générosité extrême.

cousine et moi, de donner de notre sérieux dans le doux de votre flatterie[1].

CATHOS. Ma chère, il faudrait faire donner des sièges.

MAGDELON. Holà, Almanzor !

20 ALMANZOR. Madame.

MAGDELON. Vite, voiturez-nous[2] ici les commodités de la conversation[3].

MASCARILLE. Mais au moins, y a-t-il sûreté ici pour moi ?

(Almanzor sort.)

25 CATHOS. Que craignez-vous ?

MASCARILLE. Quelque vol de mon cœur, quelque assassinat de ma franchise[4]. Je vois ici des yeux qui ont la mine d'être de fort mauvais garçons, de faire insulte aux libertés, et de traiter une âme de Turc à More[5]. Comment diable, d'abord
30 qu'on les approche[6], ils se mettent sur leur garde meurtrière[7] ? Ah ! par ma foi, je m'en défie, et je m'en vais gagner au pied[8], ou je veux caution bourgeoise[9] qu'ils ne me feront point de mal.

MAGDELON. Ma chère, c'est le caractère[10] enjoué.

---

1. **Donner [...] dans le doux de votre flatterie** : succomber sans réfléchir au charme de vos louanges.
2. **Voiturez-nous** : apportez-nous.
3. **Commodités de la conversation** : périphrase précieuse qui désigne les fauteuils.
4. **Assassinat de ma franchise** : perte définitive de sa liberté.
5. **De Turc à More** : impitoyablement, à la manière cruelle dont les Turcs traitaient leurs ennemis, les Mores.
6. **D'abord qu'on les approche** : dès qu'on les approche.
7. **Sur leur garde meurtrière** : prêts à attaquer (terme d'escrime).
8. **Gagner au pied** : s'enfuir. Expression populaire.
9. **Caution bourgeoise** : terme juridique qui désigne une garantie solide et sérieuse fournie par un bourgeois.
10. **Le caractère** : le genre, le type humain.

35 CATHOS. Je vois bien que c'est un Amilcar[1].

MAGDELON. Ne craignez rien : nos yeux n'ont point de mauvais desseins, et votre cœur peut dormir en assurance sur leur prud'homie[2].

CATHOS. Mais de grâce, Monsieur, ne soyez pas inexorable
40 à ce fauteuil qui vous tend les bras il y a[3] un quart d'heure ; contentez un peu l'envie qu'il a de vous embrasser.

MASCARILLE, *après s'être peigné et avoir ajusté ses canons*[4]. Eh bien, Mesdames, que dites-vous de Paris ?

MAGDELON. Hélas ! qu'en pourrions-nous dire ? Il faudrait
45 être l'antipode[5] de la raison, pour ne pas confesser que Paris est le grand bureau[6] des merveilles, le centre du bon goût, du bel esprit et de la galanterie.

MASCARILLE. Pour moi, je tiens que hors de Paris, il n'y a point de salut pour les honnêtes gens[7].

50 CATHOS. C'est une vérité incontestable.

MASCARILLE. Il y fait un peu crotté ; mais nous avons la chaise.

MAGDELON. Il est vrai que la chaise est un retranchement[8] merveilleux contre les insultes de la boue et du mauvais
55 temps.

---

1. **Un Amilcar :** Magdelon veut voir en Mascarille un Amilcar, ce personnage de *Clélie*, roman de Mlle de Scudéry, qui incarne le type du jeune homme gai, courtois et spirituel.
2. **Prud'homie :** honnêteté, droiture.
3. **Il y a :** depuis.
4. **Après s'être peigné [...] canons :** Mascarille, comme il est d'usage dans les salons précieux, se coiffe et ajuste ses vêtements en public.
5. **L'antipode :** l'opposé, le contraire.
6. **Bureau :** magasin. On appelait « bureaux d'esprit » les salons littéraires.
7. **Honnêtes gens :** gens de bonne société et de bonne éducation.
8. **Retranchement :** retraite, position de défense. Terme du langage militaire.

MASCARILLE. Vous recevez beaucoup de visites : quel bel esprit est des vôtres ?

MAGDELON. Hélas ! nous ne sommes pas encore connues ; mais nous sommes en passe de l'être, et nous avons une
60 amie particulière qui nous a promis d'amener ici tous ces Messieurs du *Recueil des pièces choisies*[1].

CATHOS. Et certains autres qu'on nous a nommés aussi pour être[2] les arbitres souverains des belles choses.

MASCARILLE. C'est moi qui ferai votre affaire mieux que
65 personne : ils me rendent tous visite ; et je puis dire que je ne me lève jamais sans une demi-douzaine de beaux esprits[3].

MAGDELON. Eh ! mon Dieu, nous vous serons obligées de la dernière obligation, si vous nous faites cette amitié ; car enfin il faut avoir la connaissance de tous ces Messieurs-là,
70 si l'on veut être du beau monde. Ce sont ceux qui donnent le branle[4] à la réputation dans Paris, et vous savez qu'il y en a tel dont il ne faut que la seule fréquentation pour vous donner bruit[5] de connaisseuse[6], quand il n'y aurait rien autre chose que cela. Mais pour moi, ce que je considère[7]
75 particulièrement, c'est que, par le moyen de ces visites spirituelles[8], on est instruite de cent choses qu'il faut savoir de nécessité[9], et qui sont de l'essence[10] d'un bel esprit. On

---

1. *Recueil des pièces choisies :* anthologie de poèmes et de textes en prose écrits dans le goût précieux, à laquelle a participé Corneille.
2. **Pour être :** comme étant.
3. **Sans une demi-douzaine de beaux esprits :** Mascarille se flatte d'être, dès son réveil, entouré comme le roi d'une cour de personnes de qualité.
4. **Donnent le branle à :** donnent l'élan à.
5. **Donner bruit :** forger une réputation.
6. **Connaisseuse :** personne considérée comme compétente dans un domaine.
7. **Considère :** apprécie, estime, recherche.
8. **Visites spirituelles :** réunions mondaines où peut s'exercer et briller l'esprit des convives.
9. **De nécessité :** absolument.
10. **Sont de l'essence :** sont de la nature même.

apprend par là chaque jour les petites nouvelles galantes, les jolis commerces[1] de prose et de vers. On sait à point
80 nommé : « Un tel a composé la plus jolie pièce du monde sur un tel sujet ; une telle a fait des paroles sur un tel air ; celui-ci a fait un madrigal[2] sur une jouissance ; celui-là a composé des stances[3] sur une infidélité ; Monsieur un tel écrivit hier soir un sixain[4] à Mademoiselle une telle, dont
85 elle lui a envoyé la réponse ce matin sur les huit heures ; un tel auteur a fait un tel dessein[5] ; celui-là en est à la troisième partie de son roman ; cet autre met ses ouvrages sous la presse. » C'est là ce qui vous fait valoir dans les compagnies ; et si l'on ignore ces choses, je ne donnerais
90 pas un clou[6] de tout l'esprit qu'on peut avoir.

CATHOS. En effet, je trouve que c'est renchérir sur le ridicule, qu'une personne se pique d'esprit et ne sache pas jusqu'au moindre petit quatrain[7] qui se fait chaque jour ; et pour moi, j'aurais toutes les hontes du monde s'il fallait
95 qu'on vînt à me demander si j'aurais vu quelque chose de nouveau que je n'aurais pas vu.

MASCARILLE. Il est vrai qu'il est honteux de n'avoir pas des premiers tout ce qui se fait ; mais ne vous mettez pas en peine : je veux établir chez vous une Académie[8] de beaux
100 esprits, et je vous promets qu'il ne se fera pas un bout de

---

1. **Commerces** : correspondances et échanges divers.
2. **Madrigal** : petite pièce de vers exprimant une pensée fine, tendre ou galante, très à la mode dans les salons précieux.
3. **Stances** : poèmes composés de strophes à forme fine, empruntant généralement un ton lyrique et grave, comme les stances de Rodrigue dans *Le Cid* de Corneille.
4. **Sixain** : strophe de six vers.
5. **Dessein** : plan d'un ouvrage futur.
6. **Pas un clou** : rien.
7. **Quatrain** : strophe de quatre vers.
8. **Académie** : désigne à l'époque toute société d'érudits, d'hommes de lettres ou de beaux esprits. Le mot bénéficia du prestige de l'Académie française, fondée en 1634.

La ruelle, où les Précieuses tenaient salon.
Gravure de Chauveau pour Le Grand Cyrus, *de Mlle de Scudéry.*
B.N., Paris.

vers dans Paris que vous ne sachiez par cœur avant tous les autres. Pour moi, tel que vous me voyez, je m'en escrime[1] un peu quand je veux ; et vous verrez courir de ma façon[2], dans les belles ruelles[3] de Paris, deux cents chansons[4],

105 autant de sonnets[5], quatre cents épigrammes[6] et plus de mille madrigaux, sans compter les énigmes[7] et les portraits.

MAGDELON. Je vous avoue que je suis furieusement pour les portraits ; je ne vois rien de si galant que cela.

MASCARILLE. Les portraits sont difficiles, et demandent un

110 esprit profond : vous en verrez de ma manière qui ne vous déplairont pas.

CATHOS. Pour moi, j'aime terriblement les énigmes.

MASCARILLE. Cela exerce l'esprit, et j'en ai fait quatre encore ce matin, que je vous donnerai à deviner.

115 MAGDELON. Les madrigaux sont agréables, quand ils sont bien tournés.

MASCARILLE. C'est mon talent particulier ; et je travaille à mettre en madrigaux toute l'histoire romaine.

MAGDELON. Ah ! certes, cela sera du dernier beau. J'en

120 retiens un exemplaire au moins, si vous le faites imprimer.

---

1. **Je m'en escrime :** je m'y exerce.
2. **De ma façon :** de ma fabrication.
3. **Ruelles :** le mot désignait à l'origine les alcôves où les dames de qualité recevaient leurs invités. Par extensio
4. **Chansons :** la chanson galante ét les salons précieux.
5. **Sonnets :** poèmes à forme fixe quatrains et deux tercets.
6. **Épigrammes :** petits poèmes sati un trait d'esprit.
7. **Énigmes :** jeux de charade et de (

MASCARILLE. Je vous en promets à chacune un, et des mieux reliés. Cela est au-dessous de ma condition[1] ; mais je le fais seulement pour donner à gagner aux libraires qui me persécutent[2].

125 MAGDELON. Je m'imagine que le plaisir est grand de se voir imprimé.

MASCARILLE. Sans doute. Mais à propos, il faut que je vous dise un impromptu[3] que je fis hier chez une duchesse de mes amies que je fus visiter ; car je suis diablement fort 130 sur les impromptus.

CATHOS. L'impromptu est justement la pierre de touche de l'esprit.

MASCARILLE. Écoutez donc.

MAGDELON. Nous y sommes de toutes nos oreilles.

135 MASCARILLE. Oh ! oh ! je n'y prenais pas garde :
Tandis que, sans songer à mal, je vous regarde,
Votre œil en tapinois me dérobe mon cœur.
Au voleur, au voleur, au voleur, au voleur !

CATHOS. Ah ! mon Dieu ! voilà qui est poussé dans le 140 dernier galant[4].

MASCARILLE. Tout ce que je fais a l'air cavalier[5] ; cela ne sent point le pédant.

---

1. **Au-dessous de ma condition** : une personne de noble naissance considérait que c'était une déchéance que de faire imprimer ses œuvres et de s'abaisser au statut d'écrivain.

2. **Persécutent** : harcèlent. Mascarille se flatte d'être recherché par les éditeurs comme l'étaient les auteurs à la mode.

3. **Impromptu** : court poème improvisé.

4. **Poussé dans le dernier galant** : les sentiments amoureux y sont exprimés avec une grâce extrême.

5. **L'air cavalier** : l'air simple et décontracté.

MAGDELON. Il[1] en est éloigné de plus de deux mille lieues.

MASCARILLE. Avez-vous remarqué ce commencement : *Oh,*
145 *oh* ? Voilà qui est extraordinaire : *Oh, oh* ! Comme un
homme qui s'avise tout d'un coup : *Oh, oh* ! La surprise :
Oh, oh !

MAGDELON. Oui, je trouve ce *oh, oh* ! admirable.

MASCARILLE. Il semble que cela ne soit rien.

150 CATHOS. Ah ! mon Dieu, que dites-vous ? Ce sont là de
ces sortes de choses qui ne se peuvent payer.

MAGDELON. Sans doute ; et j'aimerais mieux avoir fait ce
oh, oh ! qu'un poème épique[2].

MASCARILLE. Tudieu[3] ! vous avez le goût bon.

155 MAGDELON. Eh ! je ne l'ai pas tout à fait mauvais.

MASCARILLE. Mais n'admirez-vous pas aussi *je n'y prenais*
pas garde ? *Je n'y prenais pas garde*, je ne m'apercevais pas
de cela : façon de parler naturelle : *je n'y prenais pas garde*.
Tandis que sans songer à mal, tandis qu'innocemment, sans
160 malice, comme un pauvre mouton ; *je vous regarde*, c'est-à-
dire, je m'amuse à vous considérer, je vous observe, je vous
contemple ; *Votre œil en tapinois...* Que vous semble de ce
mot *tapinois* ? n'est-il pas bien choisi ?

CATHOS. Tout à fait bien.

165 MASCARILLE. *Tapinois*, en cachette : il semble que ce soit
un chat qui vienne de prendre une souris : *tapinois*.

MAGDELON. Il ne se peut rien de mieux.

---

1. **Il** : cela.
2. **Poème épique** : épopée. Long poème où la légende se mêle à l'histoire,
le merveilleux au vrai, et qui célèbre les exploits d'un héros.
3. **Tudieu** : contraction de « vertu de dieu ». Juron toléré en société.

MASCARILLE. *Me dérobe mon cœur*, me l'emporte, me le
ravit. *Au voleur, au voleur, au voleur, au voleur !* Ne diriez-
170 vous pas que c'est un homme qui crie et court après un
voleur pour le faire arrêter ? *Au voleur, au voleur, au voleur,
au voleur !*

MAGDELON. Il faut avouer que cela a un tour spirituel et
galant.

175 MASCARILLE. Je veux vous dire l'air que j'ai fait dessus.

CATHOS. Vous avez appris la musique ?

MASCARILLE. Moi ? Point du tout.

CATHOS. Et comment donc cela se peut-il ?

MASCARILLE. Les gens de qualité savent tout sans avoir
180 jamais rien appris.

MAGDELON. Assurément, ma chère.

MASCARILLE. Écoutez si vous trouverez l'air à votre goût.
Hem, hem. La, la, la, la, la. La brutalité de la saison a
furieusement outragé la délicatesse de ma voix[1]; mais il
185 n'importe, c'est à la cavalière[2]. *(Il chante.)*
　　　　　Oh, oh, je n'y prenais pas...

CATHOS. Ah ! que voilà un air qui est passionné ! Est-ce
qu'on n'en meurt point ?

MAGDELON. Il y a de la chromatique[3] là-dedans.

190 MASCARILLE. Ne trouvez-vous pas la pensée bien exprimée
dans le chant ? *Au voleur !...* Et puis, comme si l'on criait

---

1. **Outragé la délicatesse de ma voix** : périphrase hyperbolique pour dire
qu'il est enroué.
2. **À la cavalière** : sans façons.
3. **Chromatique** : terme de musique désignant une harmonie qui procède par
demi-tons consécutifs. Magdelon veut exhiber ses connaissances musicales.

bien fort : *au, au, au, au, au, au, voleur !* Et tout d'un coup, comme une personne essoufflée : *au voleur !*

MAGDELON. C'est là savoir le fin des choses, le grand fin,
195 le fin du fin. Tout est merveilleux, je vous assure ; je suis enthousiasmée de l'air et des paroles.

CATHOS. Je n'ai encore rien vu de cette force-là.

MASCARILLE. Tout ce que je fais me vient naturellement, c'est sans étude.

200 MAGDELON. La nature vous a traité en vraie mère passionnée, et vous en êtes l'enfant gâté.

MASCARILLE. À quoi donc passez-vous le temps ?

CATHOS. À rien du tout.

MAGDELON. Nous avons été jusqu'ici dans un jeûne
205 effroyable de divertissements[1].

MASCARILLE. Je m'offre à vous mener l'un de ces jours à la comédie[2], si vous voulez ; aussi bien on en doit jouer une nouvelle que je serai bien aise que nous voyions ensemble.

210 MAGDELON. Cela n'est pas de refus.

MASCARILLE. Mais je vous demande d'applaudir comme il faut, quand nous serons là ; car je me suis engagé de[3] faire valoir la pièce, et l'auteur m'en est venu prier encore ce matin. C'est la coutume ici qu'à nous autres gens de condition
215 les auteurs viennent lire leurs pièces nouvelles, pour nous engager à les trouver belles, et leur donner de la réputation ;

---

1. **Jeûne effroyable de divertissements** : métaphore grandiloquente pour dire qu'elle est privée de divertissements.
2. **Comédie** : le mot désigne à l'époque toute pièce de théâtre et le théâtre lui-même, comme c'est le cas ici.
3. **De** : à.

et je vous laisse à penser si, quand nous disons quelque chose, le parterre[1] ose nous contredire. Pour moi, j'y suis fort exact ; et quand j'ai promis à quelque poète, je crie
220 toujours : « Voilà qui est beau ! » devant que[2] les chandelles[3] soient allumées.

MAGDELON. Ne m'en parlez point : c'est un admirable lieu que Paris ; il s'y passe cent choses tous les jours qu'on ignore dans les provinces, quelque spirituelle qu'on puisse être.

225 CATHOS. C'est assez : puisque nous sommes instruites, nous ferons de notre devoir de nous écrier[4] comme il faut sur tout ce qu'on dira.

MASCARILLE. Je ne sais si je me trompe, mais vous avez toute la mine d'avoir fait quelque comédie.

230 MAGDELON. Eh, il pourrait être quelque chose de ce que vous dites.

MASCARILLE. Ah ! ma foi, il faudra que nous la voyions. Entre nous, j'en ai composé une que je veux faire représenter.

CATHOS. Hé à quels comédiens la donnerez-vous ?

235 MASCARILLE. Belle demande ! Aux grands comédiens[5]. Il n'y a qu'eux qui soient capables de faire valoir les choses ; les autres sont des ignorants qui récitent comme l'on parle ; ils ne savent pas faire ronfler les vers, et s'arrêter au bel endroit : et le moyen de connaître où est le beau vers, si le

---

1. **Le parterre** : c'était dans le théâtre l'espace réservé au public le moins fortuné puisqu'on s'y tenait debout, alors que les spectateurs de qualité prenaient place de part et d'autre de la scène.
2. **Devant que** : avant que.
3. **Chandelles** : les chandelles, suspendues devant la scène, étaient le seul mode d'éclairage du spectacle.
4. **Nous écrier** : manifester bruyamment notre admiration.
5. **Les grands comédiens** : on désignait par là les comédiens de l'Hôtel de Bourgogne, la troupe rivale de la troupe de Molière.

240 comédien ne s'y arrête, et ne vous avertit par là qu'il faut faire le brouhaha[1] ?

CATHOS. En effet, il y a manière de faire sentir aux auditeurs les beautés d'un ouvrage ; et les choses ne valent que ce qu'on les fait valoir.

245 MASCARILLE. Que vous semble de ma petite-oie[2] ? La trouvez-vous congruante[3] à l'habit ?

CATHOS. Tout à fait.

MASCARILLE. Le ruban est bien choisi.

MAGDELON. Furieusement bien. C'est Perdrigeon[4] tout pur.

250 MASCARILLE. Que dites-vous de mes canons ?

MAGDELON. Ils ont tout à fait bon air.

MASCARILLE. Je puis me vanter au moins qu'ils ont un grand quartier plus[5] que tous ceux qu'on fait.

MAGDELON. Il faut avouer que je n'ai jamais vu porter si 255 haut l'élégance de l'ajustement[6].

MASCARILLE. Attachez un peu sur ces gants la réflexion de votre odorat[7].

MAGDELON. Ils sentent terriblement bon.

---

1. **Brouhaha :** bruit confus causé par les applaudissements et les cris du public.
2. **Petite-oie :** ensemble des accessoires – rubans, dentelles, aiguillettes, galons de passementerie – qui ornaient le costume.
3. **Congruante à :** adaptée à.
4. **Perdrigeon :** nom d'un mercier extrêmement à la mode à l'époque.
5. **Un grand quartier plus :** le quartier est une mesure qui représente le quart d'une aune, c'est-à-dire 0,30 m.
6. **Ajustement :** toilette, parure.
7. **Attachez un peu [...] odorat :** formule alambiquée pour inviter Magdelon à sentir le parfum délicat qui se dégage des gants.

CATHOS. Je n'ai jamais respiré une odeur mieux
260 conditionnée[1].

MASCARILLE. Et celle-là ? *(Il donne à sentir les cheveux poudrés de sa perruque.)*

MAGDELON. Elle est tout à fait de qualité ; le sublime[2] en est touché délicieusement.

265 MASCARILLE. Vous ne me dites rien de mes plumes : comment les trouvez-vous ?

CATHOS. Effroyablement belles.

MASCARILLE. Savez-vous que le brin me coûte un louis d'or ? Pour moi, j'ai cette manie de vouloir donner généra-
270 lement sur[3] tout ce qu'il y a de plus beau.

MAGDELON. Je vous assure que nous sympathisons[4] vous et moi : j'ai une délicatesse furieuse pour tout ce que je porte ; et jusqu'à mes chaussettes[5], je ne puis rien souffrir qui ne soit de la bonne ouvrière[6].

275 MASCARILLE, *s'écriant brusquement.* Ahi ! ahi ! ahi ! doucement. Dieu me damne, Mesdames, c'est fort mal en user[7] ; j'ai à me plaindre de votre procédé ; cela n'est pas honnête.

CATHOS. Qu'est-ce donc ? qu'avez-vous ?

MASCARILLE. Quoi ? toutes deux contre mon cœur, en
280 même temps ! m'attaquer à droite et à gauche ! Ah ! c'est

---

1. **Conditionnée :** qui est dotée des qualités requises.
2. **Le sublime :** expression pompeuse pour désigner le cerveau.
3. **Donner sur :** se prendre de passion pour.
4. **Nous sympathisons :** au sens propre, nous sommes en sympathie, en harmonie profonde l'un avec l'autre.
5. **Chaussettes :** bas de toile sans pieds, que l'on portait par-dessus le bas de soie.
6. **De la bonne ouvrière :** de bonne fabrication.
7. **En user :** se conduire.

contre le droit des gens[1] ; la partie n'est pas égale ; et je m'en vais crier au meurtre.

CATHOS. Il faut avouer qu'il dit les choses d'une manière particulière.

285 MAGDELON. Il a un tour admirable dans l'esprit.

CATHOS. Vous avez plus de peur que de mal, et votre cœur crie avant qu'on l'écorche.

MASCARILLE. Comment diable ! il est écorché depuis la tête jusqu'aux pieds.

Une troupe de comédiens ambulants au XVIIe siècle.
Gravure de Cornelis De Waël (détail), B.N., Paris.

---

1. **Le droit des gens :** terme juridique tout à fait inapproprié ici qui renvoie à la législation concernant les nations en guerre.

Repères

• Après les préambules comiques de la scène 7, vient le moment de la rencontre entre le faux marquis et les précieuses. L'entrée en matière, très solennelle, de Mascarille contraste avec le sans-gêne grossier dont il faisait preuve précédemment ; elle annonce ses dons pour la ruse et pour la comédie. La position, la longueur et la densité de cette scène en font, incontestablement, le centre de la comédie. Demandez-vous comment cette confrontation a été préparée, depuis le début de la pièce, pour éclater ici devant un public complice et ravi.

Observation

• Étudiez la composition de la scène, en repérant les transitions que l'auteur a ménagées et donnez un titre à chacune des parties. Que peut-on dire de la structure de cette scène ?

• Mascarille et les deux précieuses rivalisent en propos galants. Relevez et commentez les figures de style qui émaillent leur discours.

• Montrez comment ces propos illustrent la conception de l'amour développée par Magdelon dans la scène 4.

• Mascarille est-il conforme, dans son discours, à l'image du parfait amant telle que Magdelon l'a dessinée ? En quoi son comportement trahit-il cependant une autre vérité ?

• Quelle image Mascarille donne-t-il de la société parisienne ? Pourquoi cette société fascine-t-elle tant les provinciales ? Montrez comment Molière suggère leur émerveillement.

• Voulant jouer les « connaisseuses », Magdelon donne sa définition du « beau monde ». En quoi ses propos sont-ils ridicules ?

• Étudiez, dans la suite de la même tirade, les passages entre guillemets où elle évoque les « cent petites choses » de la vie littéraire qu'on apprend en allant dans le monde.

• À travers les propos de Mascarille, recensez les différents genres littéraires en vogue chez les précieux. Cherchez la définition de chacun d'eux.

• À partir de ces observations, comment peut-on caractériser la littérature précieuse ?

• Mascarille prétend avoir beaucoup écrit. À travers lui, Molière fait la caricature d'un type d'écrivain. Lequel ? Relevez et commentez tous les indices qui vous permettent de l'identifier.

• Comme Trissotin, dans *Les Femmes savantes*, Mascarille régale son auditoire féminin par la lecture de ses œuvres. Quels sont les effets comiques suscités par cette récitation ?

• Analysez les critiques que Molière adresse insidieusement à l'Hôtel de Bourgogne et à la vie théâtrale en général.

• À aucun moment les deux précieuses ne soupçonnent la supercherie de Mascarille. Comment expliquez-vous cet aveuglement ?

• Pourtant, la grossièreté de Mascarille transparaît bien souvent sous le vernis de ses belles paroles. Repérez et commentez ces moments.

Interprétations

• La scène 9 est à la fois la plus longue et la plus complexe de cette pièce qui garde par ailleurs la simplicité d'une farce. On a l'impression que Molière a rassemblé en un panorama pittoresque toutes les questions d'actualité en 1659. Mascarille évoque successivement bien des aspects de la vie mondaine de l'époque. Classez ces différentes rubriques (vie des salons, vie littéraire, vie théâtrale…) et complétez ce travail en comparant les représentations que Molière donne de la société de son temps avec des documents historiques. S'agit-il d'une représentation fidèle ou d'une simple caricature ?

• Si Cathos et Magdelon sont les dupes de Mascarille, c'est d'abord parce que ce sont deux jeunes provinciales ignorant les usages du « beau monde », mais c'est surtout parce qu'elles font toutes deux preuve de snobisme. Fascinées par la vie mondaine qu'elles ne connaissent qu'indirectement, elles tentent néanmoins de se donner des allures de grandes dames. Recherchez dans le texte toutes les marques de leur naïveté et de leur snobisme. Analysez les effets comiques suscités par ces deux défauts.

Mascarille, un homme-orchestre

Histrion génial et ridicule, Mascarille assure ici à lui seul le spectacle. C'est lui qui mène la scène, avec une vitalité vibrionnante, tout en menant les deux précieuses « en bateau ». Inventé par Molière dans L'Étourdi (1655), où il est sacré *fourbum imperator*, il doit beaucoup à la *commedia dell'arte* et, bien sûr, à Arlequin. Comme lui, il est sans scrupule et sans morale et trompe le monde entier avec une belle allégresse. Son esprit inventif lui permet de tirer parti de toutes les situations. Personnage de farce, il en a toutes les caractéristiques : masqué, affublé d'un costume extravagant, il remplit l'espace de ses gesticulations et de sa faconde.

À cet égard, Mascarille n'est encore qu'un type conventionnel de comédie, grâce auquel Molière rode sa puissance comique. Nulle précision psychologique, nulle inscription trop nette dans la réalité sociale ne viennent donner à ce personnage de fantaisie une épaisseur et une vérité humaines. Dans la création moliéresque, Mascarille, « le petit masque », ne sera qu'un personnage de transition, issu de la comédie italienne, il disparaîtra dès que le dramaturge donnera corps à son véritable univers théâtral, constitué de personnages complexes, nettement individualisés et extraits de la vie réelle.

Cependant, déjà le personnage se complique, annonçant son successeur immédiat dans la création moliéresque : Sganarelle. Sortant de la simplicité de la farce, il endosse diverses identités qui correspondent à des types humains ou mondains. À travers lui, Molière peint toute une galerie de caractères : le galant précieux ; le beau parleur de salon ; le poète mondain ; l'homme du « bel air » ; le séducteur sans scrupule... Il singe aussi le « petit marquis », gentilhomme à la noblesse plus ou moins réelle mais infatué de son prestige aristocratique. Autant de rôles que Mascarille adopte avec une égale aisance.

Satire de la vie mondaine et littéraire

Cette première partie de la pièce nous permet de mesurer combien l'écriture dramaturgique de Molière est plurielle. La comédie psychologique trouve place aux côtés des procédés traditionnels de la farce, et l'outrance de certaines situations comiques est tempérée par la justesse de l'analyse sociologique.

Dans la scène 9, Molière, peintre satirique de son temps, ne passe aucun ridicule à ses contemporains. C'est le tableau d'une société sans profondeur qu'il brosse ; une société où les signes et les apparences ont plus d'importance que la vérité des êtres ; où les comportements sont tellement codés qu'ils ne laissent place à aucune sincérité ; où, comme le dit Magdelon, on ne « donne pas un clou » de ceux qui ne sont pas au courant de la dernière mode. « Société du spectacle » avant la lettre, et où chacun joue un rôle. S'il est bon comédien, le premier venu peut même y devenir roi, ou, à tout le moins, marquis.

Mais c'est surtout la vie littéraire que Molière malmène. Peu sensible au charme de la littérature précieuse, qui domine pourtant alors la scène, il tourne en dérision les genres mineurs prisés des mondains : madrigaux, bouts-rimés, énigmes, épigrammes et autres impromptus... Celui de Mascarille, tout comme le sonnet de Trissotin, se prête à une déclamation grandiloquente qui en accentue la niaiserie.

Molière conspue la prolixité de ces prétendus écrivains ainsi que leur soumission aux académies où règnent les pédants. Il s'en prend enfin aux pratiques habituelles de la vie littéraire, dénonçant les trafics d'influences auxquels se livrent les auteurs dramatiques pour se gagner les suffrages du public. Et il n'oublie pas, au passage, de lancer quelques piques contre la troupe rivale des « grands comédiens » en suggérant combien leur déclamation est obsolète.

Bref, à travers les vantardises de Mascarille, c'est un véritable panorama critique de la vie littéraire que Molière nous propose.

SCÈNE 10. MAROTTE, MAGDELON, MASCARILLE, CATHOS.

MAROTTE. Madame, on demande à vous voir.

MAGDELON. Qui ?

MAROTTE. Le vicomte de Jodelet.

MASCARILLE. Le vicomte de Jodelet ?

5 MAROTTE. Oui, Monsieur.

CATHOS. Le connaissez-vous ?

MASCARILLE. C'est mon meilleur ami.

MAGDELON. Faites entrer vitement.

MASCARILLE. Il y a quelque temps que nous ne nous
10 sommes vus, et je suis ravi de cette aventure.

CATHOS. Le voici.

SCÈNE 11. MASCARILLE, JODELET, CATHOS, MAGDELON, MAROTTE, ALMANZOR.

MASCARILLE. Ah ! vicomte !

JODELET, *s'embrassant[1] l'un l'autre.* Ah ! marquis !

MASCARILLE. Que je suis aise de te rencontrer !

JODELET. Que j'ai de joie de te voir ici !

---

1. **S'embrassant** : s'étreignant, se serrant dans les bras l'un de l'autre. Ces accolades étaient d'usage dans la bonne société.

5 MASCARILLE. Baise-moi[1] donc encore un peu, je te prie.

MAGDELON, *à Cathos.* Ma toute bonne, nous commençons d'être connues ; voilà le beau monde qui prend le chemin de nous venir voir.

MASCARILLE. Mesdames, agréez que je vous présente ce
10 gentilhomme-ci : sur ma parole, il est digne d'être connu de vous.

JODELET. Il est juste de venir vous rendre ce qu'on vous doit ; et vos attraits exigent leurs droits seigneuriaux[2] sur toutes sortes de personnes.

15 MAGDELON. C'est pousser vos civilités jusqu'aux derniers confins de la flatterie.

CATHOS. Cette journée doit être marquée dans notre almanach[3] comme une journée bienheureuse.

MAGDELON, *à Almanzor.* Allons, petit garçon[4], faut-il tou-
20 jours vous répéter les choses ? Voyez-vous pas qu'il faut le surcroît d'un fauteuil[5] ?

MASCARILLE. Ne vous étonnez pas de voir le Vicomte de la sorte ; il ne fait que sortir d'une maladie qui lui a rendu le visage pâle[6] comme vous le voyez.

---

1. **Baise-moi :** embrasse-moi.
2. **Droits seigneuriaux :** Jodelet compare les hommages qu'il présente aux dames à ceux que les vassaux adressaient à leur seigneur.
3. **Almanach :** calendrier ou agenda.
4. **Petit garçon :** les laquais étaient ordinairement de jeunes garçons. Il y a cependant dans cette appellation un effet de comique, car le rôle était tenu à la création de la pièce par l'acteur De Brie, un homme de belle stature.
5. **Le surcroît d'un fauteuil :** tournure abstraite pour demander un fauteuil supplémentaire.
6. **Le visage pâle :** l'acteur Jodelet jouait le visage enfariné.

25 JODELET. Ce sont fruits des veilles de la cour et des fatigues de la guerre.

MASCARILLE. Savez-vous, Mesdames, que vous voyez dans le Vicomte un des plus vaillants hommes du siècle ? C'est un brave à trois poils[1].

30 JODELET. Vous ne m'en devez rien[2], Marquis ; et nous savons ce que vous savez faire aussi.

MASCARILLE. Il est vrai que nous nous sommes vus tous deux dans l'occasion[3].

JODELET. Et dans des lieux où il faisait fort chaud.

35 MASCARILLE, *regardant Cathos et Magdelon.* Oui ; mais non pas si chaud qu'ici. Hay, hay, hay !

JODELET. Notre connaissance s'est faite à l'armée ; et la première fois que nous nous vîmes, il commandait un régiment de cavalerie sur les galères de Malte[4].

40 MASCARILLE. Il est vrai ; mais vous étiez pourtant dans l'emploi avant que j'y fusse ; et je me souviens que je n'étais que petit officier[5] encore, que vous commandiez deux mille chevaux.

---

1. **À trois poils** : expression triviale qui signifie « d'excellente qualité », comme le velours « à trois poils », qui était un tissu de qualité supérieure dont la trame contenait trois fils de soie.
2. **Vous ne m'en devez rien** : vous ne m'êtes nullement inférieur.
3. **L'occasion** : ici, le mot a le sens de combat.
4. **Les galères de Malte** : l'ordre militaire des chevaliers de Malte continuait à lutter contre les Turcs en Méditerranée. On imagine mal cependant un régiment de cavalerie sur des galères, surtout riche de deux mille chevaux !
5. **Petit officier** : officier subalterne.

JODELET. La guerre est une belle chose ; mais, ma foi, la
45 cour récompense bien mal aujourd'hui les gens de service[1]
comme nous.

MASCARILLE. C'est ce qui fait que je veux pendre l'épée au
croc[2].

CATHOS. Pour moi, j'ai un furieux tendre pour les hommes
50 d'épée.

MAGDELON. Je les aime aussi ; mais je veux que l'esprit
assaisonne la bravoure[3].

MASCARILLE. Te souvient-il, Vicomte, de cette demi-lune[4]
que nous emportâmes sur les ennemis au siège d'Arras ?

55 JODELET. Que veux-tu dire avec ta demi-lune ? C'était bien
une lune tout entière.

MASCARILLE. Je pense que tu as raison.

JODELET. Il m'en doit bien souvenir, ma foi : j'y fus blessé
à la jambe d'un coup de grenade, dont je porte encore les
60 marques. Tâtez un peu, de grâce, vous sentirez quelque coup,
c'était là.

CATHOS, *après avoir touché l'endroit.* Il est vrai que la cicatrice est grande.

MASCARILLE. Donnez-moi un peu votre main, et tâtez celui-
65 ci, là, justement au derrière de la tête : y êtes-vous ?

---

1. **Gens de service** : militaires au service du roi ; mais l'expression peut aussi
désigner les domestiques.
2. **Pendre l'épée au croc** : déposer son arme et renoncer à la carrière militaire.
3. **L'esprit assaisonne la bravoure** : l'intelligence pimente le courage.
4. **Demi-lune** : certaines fortifications militaires étaient construites en forme
de demi-cercle, d'où le terme de « demi-lune ». Arras avait été prise aux
Espagnols en 1640 par le maréchal de Meilleraye.

MAGDELON. Oui : je sens quelque chose.

MASCARILLE. C'est un coup de mousquet que je reçus la dernière campagne que j'ai faite.

JODELET, *découvrant sa poitrine*. Voici un autre coup qui me
70 perça de part en part à l'attaque de Gravelines[1].

MASCARILLE, *mettant la main sur le bouton de son haut-de-chausses*. Je vais vous montrer une furieuse plaie.

MAGDELON. Il n'est pas nécessaire : nous le croyons sans y regarder.

75 MASCARILLE. Ce sont des marques honorables qui font voir ce qu'on est.

CATHOS. Nous ne doutons point de ce que vous êtes.

MASCARILLE. Vicomte, as-tu là ton carrosse ?

JODELET. Pourquoi ?

80 MASCARILLE. Nous mènerions promener ces Dames hors des portes, et leur donnerions un cadeau[2].

MAGDELON. Nous ne saurions sortir aujourd'hui.

MASCARILLE. Ayons donc les violons pour danser.

JODELET. Ma foi, c'est bien avisé.

85 MAGDELON. Pour cela, nous y consentons ; mais il faut donc quelque surcroît de compagnie.

---

1. **Gravelines** : place forte du nord de la France, prise sur les Espagnols en 1658.
2. **Cadeau** : divertissement offert aux dames, consistant en bals, repas fins, concerts ou parties de campagne.

MASCARILLE. Holà ! Champagne, Picard, Bourguignon, Casquaret, Basque, la Verdure, Lorrain, Provençal, la Violette[1] ! Au diable soient tous les laquais ! Je ne pense pas
90 qu'il y ait gentilhomme en France plus mal servi que moi. Ces canailles me laissent toujours seul.

MAGDELON. Almanzor, dites aux gens[2] de Monsieur qu'ils aillent quérir des violons[3], et nous faites venir[4] ces Messieurs et ces Dames d'ici près, pour peupler la solitude de notre bal.

(Almanzor sort.)

95 MASCARILLE. Vicomte, que dis-tu de ces yeux ?

JODELET. Mais toi-même, Marquis, que t'en semble ?

MASCARILLE. Moi, je dis que nos libertés auront peine à sortir d'ici les braies nettes[5]. Au moins, pour moi, je reçois d'étranges secousses, et mon cœur ne tient plus qu'à un
100 filet[6].

MAGDELON. Que tout ce qu'il dit est naturel ! Il tourne les choses le plus agréablement du monde.

CATHOS. Il est vrai qu'il fait une furieuse dépense en esprit.

MASCARILLE. Pour vous montrer que je suis véritable[7], je
105 veux faire un impromptu là-dessus. *(Il médite.)*

---

1. **Champagne [...] la Violette** : les laquais portent habituellement le nom de la province dont ils sont originaires. Ils peuvent également être appelés par un sobriquet, comme « la Verdure » ou « la Violette ».
2. **Gens** : serviteurs.
3. **Aillent quérir des violons** : aillent chercher des violonistes.
4. **Nous faites venir** : selon une règle en usage au XVIIe siècle, quand deux impératifs sont coordonnés, le complément du second est inversé.
5. **Les braies nettes** : sans dommage, de façon honorable. Les braies désignent le haut-de-chausses.
6. **À un filet** : à un petit fil.
7. **Véritable** : lorsqu'il s'applique à une personne, l'adjectif signifie « franc », « sincère ».

Mascarille, mis en scène par Jean-Pierre Vincent
dans le cadre du cours de 3ᵉ année,
au Conservatoire national supérieur d'art dramatique, 1989.

CATHOS. Eh ! je vous en conjure de toute la dévotion[1] de mon cœur : que nous ayons quelque chose qu'on ait fait pour nous.

JODELET. J'aurais envie d'en faire autant ; mais je me trouve
110 un peu incommodé[2] de la veine poétique[3], pour[4] la quantité des saignées que j'y ai faites ces jours passés.

MASCARILLE. Que diable est cela ? Je fais toujours bien le premier vers ; mais j'ai peine à faire les autres. Ma foi, ceci est un peu trop pressé : je vous ferai un impromptu à
115 loisir[5], que vous trouverez le plus beau du monde.

---

1. **Dévotion** : attachement puissant et fidèle.
2. **Incommodé** : être gêné, fatigué ; le mot peut aussi renvoyer à la gêne matérielle.
3. **Veine poétique** : inspiration poétique.
4. **Pour** : à cause de.
5. **À loisir** : en prenant mon temps. Faire un impromptu en prenant son temps est un paradoxe qui apparemment ne choque pas les deux précieuses.

JODELET. Il a de l'esprit comme un démon.

MAGDELON. Et du galant, et du bien tourné.

MASCARILLE. Vicomte, dis-moi un peu, y a-t-il longtemps que tu n'as vu la Comtesse ?

120 JODELET. Il y a plus de trois semaines que je ne lui ai rendu visite.

MASCARILLE. Sais-tu bien que le Duc m'est venu voir ce matin, et m'a voulu mener à la campagne courir[1] un cerf avec lui ?

125 MAGDELON. Voici nos amies qui viennent.

---

1. **Courir :** chasser à courre.

REPÈRES

• Déjà conquises par « l'esprit admirable » de Mascarille, les deux précieuses exultent à l'annonce d'un nouveau visiteur de marque : le vicomte de Jodelet. Éblouies par ce titre, elles se flattent déjà de tenir un salon à la mode. Un franc comique va naître du contraste entre la sotte vanité des provinciales qui pensent vivre là leur moment de gloire et la grossièreté du tour qu'on leur joue.

OBSERVATION

• Dans leur numéro de séduction, les deux complices s'encouragent mutuellement et donnent à la scène un crescendo comique. Distinguez les différents moments de la scène et étudiez le rythme de l'ensemble.
• Hâbleries et fanfaronnades sont les spécialités des deux compères. Repérez les incohérences et les mensonges éhontés dont ils étourdissent les précieuses.
• Comment se manifeste leur complicité ?
• Encouragés par leur succès, les deux complices brûlent les étapes et joignent le geste à la parole. Montrez comment la galanterie dégénère en grivoiserie.
• Observez les jeux de scène et les réactions des coquettes : en quoi leur attitude souligne-t-elle les effets comiques de la situation ?
• Comme les petits marquis dont se moque Molière, Mascarille est entiché d'aristocratie : relevez les indices qui le montrent.
• Comment se manifeste l'aveuglement des deux précieuses ? Repérez les effets comiques suscités par leur crédulité.

INTERPRÉTATIONS

• Dans cette comédie tout semble aller par deux : deux amants éconduits ; deux précieuses ; deux valets déguisés… Mais aussi deux scènes de séduction : l'une, ratée, précède et génère directement l'action (c'est l'échec de La Grange et de Du Croisy) ; l'autre, réussie, est la conquête des précieuses par les valets. Deux scènes de bastonnade : les faux marquis rossent des laquais et sont ensuite rossés par leurs maîtres. À la lumière de ces réflexions, étudiez le duo Mascarille-Jodelet et ses effets.

Influences italiennes

La *commedia dell'arte* n'a pas seulement fourni à Molière des personnages types, comme les *zanni*, ces valets qui s'appelleront chez lui Mascarille, Scapin ou Sganarelle, mais aussi une dramaturgie. Les comédiens italiens, vrais professionnels, étaient rompus aux techniques d'improvisation et laissaient libre cours à leur verve en rivalisant de traits d'esprit *(concetti)*, tout en accordant une large part aux jeux de scène bouffons *(lazzi)*. La gestuelle, l'invention verbale ont donc une grande importance dans cette scénographie. Avec *Les Précieuses ridicules*, Molière s'inscrit dans cette tradition théâtrale : la scène 11 en est la preuve. Mascarille et Jodelet manifestent bruyamment sur scène leur vitalité. Affublés de costumes délirants, ils prennent des poses avantageuses et s'embrassent avec fougue. Si les précieuses ne les arrêtaient pas, ils se déshabilleraient volontiers sur scène. Ce qui d'ailleurs arrivera, bien malgré eux, à la fin de la pièce. L'épisode des cicatrices exhibées comme marque de bravoure donnait lieu à un « strip-tease » bouffon, si l'on en croit le récit de Mlle Desjardins. Cette pantomime grotesque se compliquait d'improvisations farcesques *ad libitum*. On sait, d'après des témoignages d'époque, que Jodelet s'en donnait à cœur joie dans la narration de ses exploits. Cette veine italienne, qui plaisait au parterre, trouve sa place à côté d'autres influences plus littéraires. Ce qui montre combien la comédie moliéresque, si plurielle dans sa forme, s'adresse à un auditoire hétérogène. Et l'auteur, manifestement, ne veut sacrifier aucun de ses publics.

Amour, galanterie et gaillardise

L'amour, on le sait, est avec la conversation et la littérature la grande affaire des précieuses : dans le prolongement de l'amour courtois, elles cherchent à créer un nouvel art d'aimer. Poussant à l'extrême l'idéalisation, certaines ont même voulu en expurger toute la dimension sensuelle, méritant ainsi le surnom de « jansénistes de l'amour ». La préciosité, qui se situe dans la tradition du platonisme, veut gouverner les sens et la passion. Elle bannit la jouissance vulgaire et cherche à donner à l'amour des modalités d'expression et d'accomplissement plus sublimes que celles prévues par la nature. Les vraies précieuses prêchent pour un ascétisme presque monacal en matière amoureuse et manifestent avec beaucoup d'ostentation leur rigorisme. Mais ces véritables précieuses, comme le suggère Molière, sont bien rares. Le plus souvent, leur prévention à l'égard de l'amour n'est que feinte, et dissimule mal des stratégies de séduction plus ou moins innocentes. Sous la façade austère de la prude se cache une coquette ; sous la religion d'amour, la galanterie.

Magdelon et Cathos adhèrent à cette nouvelle galanterie : on a vu dans la scène 4 comment, dans le sillage de Mlle de Scudéry et de son *Grand Cyrus*, elles légiféraient sur le code amoureux et vantaient les beautés de l'amour platonique. Cependant, sans être des coquettes, elles ne sont pas insensibles à la séduction physique de leurs galants, comme le suggère tel aveu sur leur « furieux tendre pour les hommes d'épée ». Molière se plaît malicieusement à mettre ses précieuses en contradiction avec leur culte de l'amour spirituel : elles se voulaient insensibles à tout désir grossier et les voilà sous le charme du premier gaillard venu.

SCÈNE 12. JODELET, MASCARILLE, CATHOS, MAGDELON, MAROTTE, LUCILE, CÉLIMÈNE, ALMANZOR, VIOLONS.

MAGDELON. Mon Dieu, mes chères, nous vous demandons pardon. Ces Messieurs ont eu fantaisie de nous donner les âmes des pieds[1] ; et nous vous avons envoyé quérir pour remplir les vides de notre assemblée.

5 LUCILE. Vous nous avez obligées[2], sans doute.

MASCARILLE. Ce n'est ici qu'un bal à la hâte ; mais l'un de ces jours nous vous en donnerons un dans les formes. Les violons sont-ils venus ?

ALMANZOR. Oui, Monsieur ; ils sont ici.

10 CATHOS. Allons donc, mes chères, prenez place.

MASCARILLE, *dansant lui seul comme par prélude.* La, la, la, la, la, la, la, la.

MAGDELON. Il a tout à fait la taille élégante.

CATHOS. Et a la mine de danser proprement[3].

15 MASCARILLE, *ayant pris Magdelon pour danser.* Ma franchise va danser la courante[4] aussi bien que mes pieds[5]. En cadence, violons, en cadence. Oh ! quels ignorants ! Il n'y a pas moyen de danser avec eux. Le diable vous emporte ! ne

---

1. **Les âmes des pieds** : cette métaphore précieuse désigne les violons et leur musique qui donnent des ailes et « une âme » aux pieds.
2. **Vous nous avez obligées** : nous vous sommes reconnaissantes de cette grâce.
3. **Proprement** : avec élégance.
4. **La courante** : danse sur un air à trois temps, très à la mode à l'époque.
5. Alliance d'un mot abstrait, « franchise », à un mot concret, « pieds », dans le goût précieux. Mascarille veut dire qu'il va succomber au charme de sa partenaire de danse, Magdelon.

sauriez-vous jouer en mesure ? La, la, la, la, la, la, la, la.
20 Ferme, ô violons de village.

JODELET, *dansant ensuite.* Holà ! ne pressez pas si fort la
cadence : je ne fais que sortir de maladie.

SCÈNE 13. DU CROISY, LA GRANGE, MASCARILLE, JODELET, CATHOS, MAGDELON, LUCILE, CÉLIMÈNE, MAROTTE, VIOLONS.

LA GRANGE, *un bâton à la main.* Ah ! ah ! coquins, que
faites-vous ici ? Il y a trois heures que nous vous cherchons.

MASCARILLE, *se sentant battre.* Ahy ! ahy ! ahy ! vous ne
m'aviez pas dit que les coups en seraient aussi[1].

5 JODELET. Ahy ! ahy ! ahy !

LA GRANGE. C'est bien à vous, infâme[2] que vous êtes, à
vouloir faire l'homme d'importance.

DU CROISY. Voilà qui vous apprendra à vous connaître[3].
(Ils sortent.)

---

1. **Que les coups en seraient aussi** : que la farce se terminerait par des coups.
2. **Infâme** : homme dépourvu d'honneur, misérable.
3. **Vous connaître** : connaître votre véritable identité.

SCÈNE 14. MASCARILLE, JODELET, CATHOS, MAGDELON, LUCILE, CÉLIMÈNE, MAROTTE, VIOLONS.

MAGDELON. Que veut donc dire ceci ?

JODELET. C'est une gageure[1].

CATHOS. Quoi ! vous laisser battre de la sorte !

MASCARILLE. Mon Dieu, je n'ai pas voulu faire semblant
5 de rien[2] ; car je suis violent, et je me serais emporté.

MAGDELON. Endurer un affront comme celui-là, en notre présence !

MASCARILLE. Ce n'est rien : ne laissons pas d'achever[3].
Nous nous connaissons il y a longtemps ; et entre amis, on
10 ne va pas se piquer pour si peu de chose.

---

1. **Gageure** : un pari.
2. **Faire semblant de rien** : manifester ses sentiments. Dans la langue classique, « rien » signifie « quelque chose ».
3. **Ne laissons pas d'achever** : que cela ne nous empêche pas de continuer.

Repères

• Les violons arrivent. La fête bat son plein et Magdelon, frémissante, ouvre le bal avec l'élégant Mascarille. C'est la consécration de tous ses rêves… Mais le charme est brutalement rompu par l'entrée intempestive des prétendants éconduits. Observez dans ces trois courtes scènes la maîtrise avec laquelle le dramaturge renverse la situation.

Observation

• Analysez, dans les trois scènes, toutes les didascalies. Sont-elles nécessaires à la compréhension de la scène ?
• Ces trois scènes sont très sonores : relevez les différents bruits qu'on y entend et demandez-vous les effets scéniques qu'on peut en tirer.
• Par quels procédés Molière suggère-t-il la rapidité avec laquelle les événements s'enchaînent ? Observez notamment la longueur respective des scènes et la brièveté des échanges.
• Pourquoi, selon vous, les maîtres ne dénoncent-ils pas immédiatement leurs valets ? Analysez la réaction de Jodelet et de Mascarille.
• Observez, dans les propos des précieuses, comment se manifeste le malaise qui s'empare d'elles. Sur quel ton s'adressent-elles à présent à leurs galants ?

Interprétations

• Précédant le dénouement, ces trois scènes créent chez le spectateur un effet de surprise et d'attente. La surprise vient, bien sûr, du brutal renversement de la situation : on passe des mondanités aux coups de bâton. Des violons à la violence… Tout l'art de Molière consiste à jouer ici sur la rapidité d'un retournement pourtant annoncé et attendu. Observez à cet égard l'écriture dramaturgique (changements de rythme ; rapidité des échanges ; procédés scénographiques…).
• Les deux jeunes gens disparaissent aussi vite qu'ils étaient apparus, plongeant les précieuses dans la perplexité. Demandez-vous quel parti Molière tire de ce premier dénouement qui n'en est pas un. À quels effets de mise en scène se prête-t-il ? Que peut-on imaginer, par exemple, des pensées des deux précieuses à ce moment ? Comment pourrait-on les rendre sur scène ?

SCÈNE 15. DU CROISY, LA GRANGE, MASCARILLE, JODELET, MAGDELON, CATHOS, LUCILE, CÉLIMÈNE, MAROTTE, VIOLONS, SPADASSINS.

LA GRANGE. Ma foi, marauds, vous ne vous rirez pas de nous, je vous promets. Entrez, vous autres.

(Trois ou quatre spadassins[1] entrent.)

MAGDELON. Quelle est donc cette audace, de venir nous
5 troubler de la sorte dans notre maison ?

DU CROISY. Comment, Mesdames, nous endurerons que nos laquais soient mieux reçus que nous ? qu'ils viennent vous faire l'amour[2] à nos dépens et vous donnent le bal ?

MAGDELON. Vos laquais ?

10 LA GRANGE. Oui, nos laquais : et cela n'est ni beau ni honnête de nous les débaucher[3] comme vous faites.

MAGDELON. Ô ciel ! quelle insolence !

LA GRANGE. Mais ils n'auront pas l'avantage de se servir de nos habits pour vous donner dans la vue[4] ; et si vous
15 les voulez aimer, ce sera, ma foi, pour leurs beaux yeux. Vite, qu'on les dépouille sur-le-champ.

JODELET. Adieu notre braverie[5].

MASCARILLE. Voilà le marquisat et la vicomté à bas.

---

1. **Spadassins :** hommes armés.
2. **Faire l'amour :** faire la cour.
3. **Débaucher :** corrompre, détourner de ses tâches.
4. **Vous donner dans la vue :** vous éblouir.
5. **Braverie :** élégance vestimentaire.

Le marquisat et la vicomté à bas.
Illustration (détail) pour Les Précieuses ridicules, *édition de 1681,*
Bibliothèque de l'Arsenal, Paris.

DU CROISY. Ha ! ha ! coquins, vous avez l'audace d'aller
20 sur nos brisées[1] ! Vous irez chercher autre part de quoi
vous rendre agréables aux yeux de vos belles, je vous en
assure.

LA GRANGE. C'est trop que de nous supplanter, et de nous
supplanter[2] avec nos propres habits.

25 MASCARILLE. Ô fortune ! quelle est ton inconstance !

DU CROISY. Vite, qu'on leur ôte jusqu'à la moindre chose.

LA GRANGE. Qu'on emporte toutes ces hardes[3], dépêchez.
Maintenant, Mesdames, en l'état qu'ils sont, vous pouvez
continuer vos amours avec eux tant qu'il vous plaira ; nous
30 vous laissons toute sorte de liberté pour cela, et nous vous
protestons[4], Monsieur et moi, que nous n'en serons
aucunement jaloux.

CATHOS. Ah ! quelle confusion !

MAGDELON. Je crève de dépit.

35 VIOLONS, *au Marquis.* Qu'est-ce donc que ceci ? Qui nous
payera, nous autres ?

MASCARILLE. Demandez à Monsieur le Vicomte.

VIOLONS, *au Vicomte.* Qui est-ce qui nous donnera de
l'argent ?

40 JODELET. Demandez à Monsieur le Marquis.

---

1. **Aller sur nos brisées :** vous mettre en rivalité avec nous.
2. **Supplanter :** évincer ; prendre la place de quelqu'un.
3. **Hardes :** vêtements, parures. Le mot n'est pas péjoratif à l'époque.
4. **Protestons :** nous vous assurons formellement.

*Les deux Précieuses dépitées : Catherine Salviat et Virginie Pradal,
dans la mise en scène de Jean-Louis Thamin,
Comédie-Française, 1971.*

SCÈNE 16. GORGIBUS, MAGDELON, MASCARILLE, JODELET, CATHOS, VIOLONS.

GORGIBUS. Ah ! coquines que vous êtes, vous nous mettez dans de beaux draps blancs, à ce que je vois ! et je viens d'apprendre de belles affaires, vraiment, de ces Messieurs qui sortent !

5 MAGDELON. Ah ! mon père, c'est une pièce sanglante[1] qu'ils nous ont faite.

GORGIBUS. Oui, c'est une pièce sanglante, mais qui est un effet de votre impertinence, infâmes ! Ils se sont ressentis[2] du traitement que vous leur avez fait ; et cependant, 10 malheureux que je suis, il faut que je boive l'affront.

---

1. **Pièce sanglante :** une farce sinistre et déshonorante.
2. **Ils se sont ressentis :** ils ont éprouvé du ressentiment.

MAGDELON. Ah ! je jure que nous en serons vengées, ou que je mourrai en la peine[1]. Et vous, marauds, osez-vous vous tenir ici après votre insolence ?

MASCARILLE. Traiter comme cela un marquis ! Voilà ce
15 que c'est que du monde ! la moindre disgrâce nous fait mépriser de ceux qui nous chérissaient. Allons, camarade, allons chercher fortune autre part : je vois bien qu'on n'aime ici que la vaine apparence, et qu'on n'y considère point la vertu toute nue[2].

(Ils sortent tous deux.)

SCÈNE 17. GORGIBUS, MAGDELON, CATHOS, VIOLONS.

VIOLONS. Monsieur, nous entendons[3] que vous nous contentiez à leur défaut[4] pour ce que nous avons joué ici.

GORGIBUS, *les battant.* Oui, oui, je vous vais contenter, et voici la monnaie dont je vous veux payer. Et vous, pendardes,
5 je ne sais qui me tient[5] que je ne vous en fasse autant. Nous allons servir de fable et de risée à tout le monde, et voilà ce que vous vous êtes attiré par vos extravagances. Allez vous cacher, vilaines[6] ; allez vous cacher pour jamais.

---

1. **En la peine :** à cause de cette souffrance.
2. **La vertu toute nue :** le seul mérite.
3. **Nous entendons :** nous exigeons.
4. **À leur défaut :** à leur place.
5. **Qui me tient :** ce qui me retient.
6. **Vilaines :** grossières et mauvaises.

Et vous, qui êtes cause de leur folie, sottes billevesées[1],
10 pernicieux amusements des esprits oisifs, romans, vers,
chansons, sonnets et sonnettes[2], puissiez-vous être à tous
les diables !

J. B. P. de Molière

---

1. **Billevesées :** paroles et idées vides de sens.
2. **Sonnets et sonnettes :** alliance de mots plaisante à visée ironique, qui
associe la poésie (les sonnets) à une petite musique simplette (les sonnettes).

Repères

• Après avoir rossé leurs deux valets, La Grange et Du Croisy ont quitté les lieux, semant le trouble dans les esprits. Mais les voilà déjà de retour pour achever leur vengeance. Comme il se doit à la fin d'une comédie classique, tous les personnages sont rassemblés — sauf Gorgibus qui n'arrive qu'un peu plus tard. L'hallali est sonné : les deux prétendants rebutés vont donner le coup de grâce à celles qui les ont snobés. Observez comment Molière entretient l'intensité dramatique, tout en faisant jaillir le rire.

Observation

• Repérez les étapes du dénouement. Observez notamment la présence des personnages dans les trois scènes. Que constatez-vous ? Que peut-on dire du rythme de ce dénouement ?
• Commentez le ton et le vocabulaire empruntés par Du Croisy pour s'adresser aux précieuses. Quelles sont ses intentions ?
• Comment s'adresse-t-il ensuite aux deux valets ? Comparez et commentez.
• Ce dénouement est marqué par l'explosion de sentiments violents : vengeance, dépit, indignation, haine… Comment cette violence se traduit-elle dans le langage ?
• À cette violence verbale s'ajoute la correction infligée aux deux valets. Que pensez-vous du châtiment infligé par La Grange ? En quoi cette vexation touche-t-elle aussi, et cruellement, les deux précieuses ?
• À quel moment Magdelon comprend-elle qu'elle a été dupée ? Quel mot prononcé par La Grange met fin à son illusion ?
• La Grange et Du Croisy, dans leur comportement comme dans leurs propos, vous semblent-ils conformes à l'idéal de l'« honnête homme » tel que le XVIIe siècle l'a défini ?
• Au milieu de l'agitation générale, Mascarille, lui, garde son sang-froid. Il prend les choses avec une distance légère, conforme à son personnage de bouffon. En quoi ses propos sont-ils ironiques ? Contre qui cette ironie s'exerce-t-elle ?
• Gorgibus prend ici sa revanche. Cherchez, dans ses propos, toutes les marques de la rage.

• En quoi sa réaction peut-elle paraître excessive et peu digne de l'amour paternel ?

• Pour Gorgibus, la mésaventure de Magdelon et de Cathos est la conséquence directe de leurs mauvaises lectures. Étudiez ses arguments. Les trouvez-vous valables ? Pensez-vous que Molière partage une telle analyse ?

• Chacun ici, sauf les précieuses, semble vouloir tirer sa morale de l'histoire. Résumez en quelques phrases celle de La Grange, de Mascarille et de Gorgibus. Laquelle vous semble la plus défendable ?

INTERPRÉTATIONS

• Dans ces trois dernières scènes pleines de cris et de fureur, deux personnages sont étonnamment silencieux : Cathos et Magdelon. Si bavardes naguère, les voilà quasi muettes. Observez chacune de leurs répliques. Quels sentiments expriment-elles ? Imaginez quelle peut être leur attitude sur scène.

• Tel que la dramaturgie classique l'a codifié, le dénouement d'une comédie doit répondre à un certain nombre d'exigences : être vrai-semblable et conforme à la logique intrinsèque de l'action ; rassembler sur la scène le plus grand nombre de personnages possible ; être complet et ne laisser dans l'ombre aucun pan de l'action ; et, enfin, être heureux et apporter au spectateur un sentiment de plaisante satisfaction. Pensez-vous que le dénouement des *Précieuses ridicules* soit conforme à ce modèle ? Quels sont les éléments qui y dérogent ?

Comment lire *Les Précieuses ridicules* ?

Molière a-t-il voulu ici faire œuvre de polémiste et même de moraliste, ou a-t-il tout simplement voulu exploiter la puissance comique que contenait le thème de la préciosité ? Question éternellement pendante…

Le mot de la fin revient à Gorgibus et à ses imprécations vengeresses contre la poésie et les livres. Bref, contre ce qu'on appelle aujourd'hui la littérature… Or, si Gorgibus incarne un certain bon sens bourgeois, c'est aussi, dans l'univers de Molière, un personnage de farce. Il apparaît dans *Le Médecin volant*, puis dans *Sganarelle*, comme un homme enfermé dans des préjugés archaïques sur l'éducation et sur le statut des femmes. Il annonce le Chrysale des *Femmes savantes* qui, lui aussi, considère que la science des femmes doit se borner à « faire aller son ménage, et régler la dépense avec économie » (II, 7). Mais il n'en a ni la rondeur, ni la sensibilité. À travers sa brutalité et son autoritarisme, c'est plutôt le personnage d'Arnolphe, de *L'École des femmes*, qu'il préfigure grossièrement. Plus violemment que Chrysale, Arnolphe part en guerre contre les « héroïnes du temps, Mesdames les savantes, pousseuses de tendresse et de beaux sentiments » (I, 4) ; et il séquestre la jeune Agnès pour la façonner selon son goût. Gorgibus, Arnolphe, mais aussi le Sganarelle de *L'École des maris*, appartiennent à cette lignée d'hommes dont Molière n'a cessé de fustiger l'égoïsme : maris ou pères, jaloux de leur pouvoir sur les femmes, et prêts à tout pour les soumettre à leur volonté.

Aussi, gardons-nous de voir en Gorgibus le porte-parole de l'auteur. Considérons plutôt que le dénouement des *Précieuses ridicules* est moins univoque qu'il n'y paraît. Certes, les deux précieuses sont punies par où elles ont péché ; mais le sort que leur réserve Gorgibus peut aussi susciter chez le spectateur un semblant de compassion.

Mais Molière, qui prend volontiers la défense des victimes féminines contre leurs tyrans domestiques, les abandonne ici à leur triste sort. Sans doute parce que chez elles tout est masque, calcul, excès et qu'il prise d'abord, chez les femmes comme chez les hommes, le naturel et la mesure. Après les deux précieuses, il précisera sa représentation de la femme savante à travers le personnage d'Armande, à laquelle il opposera celui d'Henriette, figure accomplie de la féminité selon ses vœux. Henriette dessine l'idéal raisonnable d'une féminité équilibrée, où le souci de l'éducation et du savoir n'entrave en rien l'épanouissement sentimental et amoureux.

Le goût de la farce

Les Précieuses ridicules constituent le premier succès parisien de Molière. Curieusement, pour conquérir la capitale, le jeune auteur s'est servi d'une forme un peu passée de mode au milieu du XVIIᵉ siècle, la farce. De la farce, *Les Précieuses ridicules* ont la structure et la dynamique : une pièce courte, en un seul acte, dont le ressort essentiel est la ruse, d'une part, et la force, de l'autre : à l'imposture de Mascarille répondent les coups de bâton de La Grange. L'intrigue est construite tout entière autour d'un piège tendu à de sottes victimes : c'est la « pièce » que La Grange se propose de jouer aux deux naïves. La typologie des personnages ressortit elle aussi à la dramaturgie de la farce. Ils sont réduits à des types : les précieuses ; le bourgeois terre à terre ; les valets rusés... Certains arborent même les attributs traditionnels de la farce : Mascarille, son masque ; Jodelet, sa figure enfarinée.

Et la farce fait rire, par tous les moyens : comique de situation, comique de caractère, comique de gestes, comique verbal. Tout est bon pour déclencher une hilarité assez primaire, mais néanmoins chargée de sens. Car, à côté du rire gai, jovial, résonne parfois un rire cruel, cynique : celui de La Grange devant les deux prudes acoquinées à des laquais en costume d'Adam ! Un rire de censure sociale : celui-là même auquel est invité le public...

Comment lire l'œuvre

L'action

Résumé

EXPOSITION (Scènes 1 à 4)	Deux jeunes précieuses refusent les maris imposés par leur père et tuteur, Gorgibus. Les deux prétendants éconduits décident de se venger. Ils confient à leurs valets, déguisés en gentils-hommes, la mission de séduire les jeunes filles, à la fois par leur esprit et par leurs charmes.
ACTION CENTRALE (Scènes 5 à 12)	Les valets déguisés, Mascarille et Jodelet, réussissent d'autant mieux dans leur entreprise qu'ils se piquent eux-mêmes de bel esprit. C'est l'occasion pour Molière de tourner en ridicule les travers du monde précieux.
DÉNOUEMENT (Scènes 13 à 17)	Les deux gentilshommes mettent brutalement un terme à la comédie, en démasquant les deux laquais imposteurs, et en humiliant les deux précieuses tombées dans le piège. Reste à Gorgibus, bien dans son rôle, de les menacer du couvent.

• *Les Précieuses ridicules* sont une farce en un acte. Peut-on véritablement parler d'action dans cette pièce ?
• À la lumière du tableau proposé, étudiez la structure de la pièce.
• Comment Molière ménage-t-il l'équilibre entre les scènes de farce et les scènes de satire ?

IODELET

Dans la farce et la comedie
Iodelet par sa raillerie
ses bons motz sa naïueté

Nous charme si bien les oreilles
Au recit de tant de merueilles
Que chascun pense estre enchanté

Jodelet, l'« enfariné » de la farce traditionnelle.
Gravure anonyme du XVIIᵉ siècle (détail).
Coll. Rondel, bibliothèque de l'Arsenal, Paris.

Structure

Scènes et personnages présents	Sujets et fonctions de la scène
SCÈNE 1 La Grange-Du Croisy	**Exposition.** La Grange et Du Croisy, gentilshommes repoussés par deux précieuses, expriment leur mécontentement et décident de se venger.
SCÈNE 2 Gorgibus-Du Croisy-La Grange	Apparition du père des précieuses. Étonnement de Gorgibus, vexé du départ des gentilshommes.
SCÈNE 3 Marotte-Gorgibus	**Scène de transition** destinée à préparer l'entrée en scène des précieuses.
SCÈNE 4 Gorgibus-Magdelon-Cathos	Confrontation entre Gorgibus et les précieuses qui exposent leur conception romanesque de l'amour. Colère et menaces de Gorgibus.
SCÈNE 5 Cathos-Magdelon	**Scène de transition.** Les deux précieuses récusent leur origine bourgeoise et rêvent de grandeur.
SCÈNE 6 Marotte-Cathos-Magdelon	Annonce de l'arrivée du « marquis » de Mascarille.
SCÈNE 7 Mascarille- Deux porteurs	Intermède farcesque. Soufflets et bastonnades.
SCÈNE 8 Marotte-Mascarille	**Scène de transition.**
SCÈNE 9 Mascarille-Magdelon-Cathos-Almanzor	**Scène centrale.** Mascarille fait le bel esprit devant des précieuses éblouies.

Scènes et personnages présents	Sujets et fonctions de la scène
SCÈNE 10 Marotte-Magdelon-Masacarille-Cathos	**Scène de transition.** Marotte annonce l'arrivée du « vicomte » de Jodelet.
SCÈNE 11 Mascarille-Jodelet-Cathos-Magdelon-Marotte-Almanzor	Fanfaronnades entre le marquis et le vicomte. Les deux précieuses sont sous le charme.
SCÈNE 12 Jodelet-Mascarille-Cathos-Magdelon-Marotte-Lucie-Célimène-Almanzor-violons	Pour couronner leur visite, Mascarille et Jodelet organisent un bal.
SCÈNE 13 Du Croisy-La Grange-Jodelet-Mascarille-Cathos-Magdelon-Marotte-Lucie-Célimène-Almanzor-violons	Arrivée impromptue des deux vrais marquis qui bâtonnent leurs valets.
SCÈNE 14 Mascarille-Cathos-Magdelon-Marotte-Lucie-Célimène-Almanzor-violons	Perplexité des précieuses et justifications embrouillées des faux marquis.
SCÈNE 15 Du Croisy-La Grange-Jodelet-Mascarille-Cathos-Magdelon-Marotte-Lucie-Célimène-violons-spadassins	Renversement de la situation et accomplissement de la vengeance des marquis.
SCÈNE 16 Gorgibus-Magdelon-Mascarille-Jodelet-Cathos-violons	Renversement des rôles. Gorgibus retrouve son autorité et les précieuses sont mortifiées.
SCÈNE 17 Gorgibus-Magdelon-Cathos-violons	Gorgibus conclut en maudissant la littérature et en envoyant au diable les deux précieuses.

Les personnages

Gorgibus

« Encore un coup, je n'entends rien à toutes ces balivernes ; je veux être maître absolu »

Scène 4.

« Mon Dieu ! ma chère, que ton père a la forme enfoncée dans la matière ! »

Cathos, scène 5.

« Imaginez-vous, donc, Madame, que vous voyez un vieillard vêtu comme les paladins français et poli comme un habitant de la Gaule Celtique. »

Mlle Desjardins, *La Farce des précieuses*.

C'est un bon bourgeois récemment arrivé à Paris avec sa fille, Magdelon, et sa nièce, Cathos. Pragmatique, il voudrait conclure au mieux le mariage des deux jeunes filles avec La Grange et Du Croisy. Homme sans finesse et sans élégance, il n'a d'autre réponse à fournir à la folie des deux filles que son autoritarisme brutal.

Magdelon

« [...] je suis furieusement pour les portraits. »

Scène 9.

« Je vois ici des yeux qui ont la mine d'être de faux mauvais garçons, de faire insulte aux libertés, et de traiter une âme de Turc à More. »

Mascarille, scène 9.

« Le corps des Précieuses n'est autre chose que l'union d'un petit nombre de personnes, où quelques-unes véritablement délicates ont jeté les autres dans une affectation de délicatesses ridicules. »

Saint-Évremond, *Œuvres*.

Fille de Gorgibus, qui veut la marier au gentilhomme La Grange, Magdelon est la plus romanesque des deux précieuses. Lectrice assidue de la *Clélie* de Mlle de Scudéry, elle en connaît par cœur le catéchisme galant qu'elle récite doctoralement.

Vaniteuse, elle prétend gommer ses origines bourgeoises en s'inventant une illustre naissance et en s'affublant d'un prénom poétique, Aminte, tiré d'un roman galant, *Polixène*. Fascinée par le « beau monde », auquel elle rêve d'accéder, elle s'efforce de l'imiter ; mais elle ne parvient qu'à le singer maladroitement, incapable même de distinguer un honnête homme d'un valet travesti. Le « bel air » et la noblesse ne s'inventent pas : n'est pas précieuse qui veut !

Cathos

> « Pour moi, j'ai un furieux tendre pour les hommes d'épée. »
> Scène 11.

> « Il n'en faut point douter, elles sont achevées. »
> Gorgibus, scène 4.

> « [...] Car les précieuses
> Font dessus tout les dédaigneuses »
> La Fontaine, *Fables*, livre 7.

Cathos, alias Polyxène, du nom d'une confidente d'un roman de Gomberville, *Polexandre,* est la cousine de Magdelon et son double caricatural. Dans ce duo ridicule, elle a le rôle le plus ingrat : souligner la bêtise de sa cousine en la répétant. Prisonnière des apparences, éblouie par les flagorneries des deux valets et prête à succomber aux avances graveleuses de Jodelet, elle incarne un snobisme vulgaire, où la grossièreté se trahit à chaque tentative d'éclat. Son rêve est d'avoir l'air « à la page » ; elle veut briller à la comédie en s'écriant « comme il faut sur tout ce qu'on dira », et connaître « le moindre petit quatrain qui se fait chaque jour ». On comprend que Catherine de Rambouillet, « la divine Arthénice », n'ait pu raisonnablement se reconnaître dans l'épaisse Cathos.

Mascarille

> « Tout ce que je fais a l'air cavalier ; cela ne sent point
> le pédant. »
> Scène 9.

119

« Il a de l'esprit comme un démon. »

Jodelet, scène 11.

« Mascarille mène le jeu, il n'y a que lui qui compte, il n'y a
que lui en scène, et l'intérêt des péripéties se mesure à l'éclat
de sa verve. »

Pierre Brisson, *Molière, sa vie dans ses œuvres.*

Mascarille, valet de La Grange, se pique de bel esprit.
Revêtu de son costume de marquis, il s'en donne à cœur
joie ; il éblouit les deux provinciales par son numéro de
galant à la mode. Proche des types de la *commedia dell'
arte*, Pantalon ou Scaramouche, Mascarille prolonge ici le
rôle de *fourbum imperator* qu'il tenait dans *L'Étourdi* ; il
met sa faconde au service de la ruse imaginée par son maître.
Malgré tout, le spectateur ne s'y trompe pas : il décèle sous
la verve endiablée du marquis d'opérette la vulgarité du
valet. À travers lui, Molière se moque aussi des marquis
ridicules, hommes du « bel air », équivalents masculins des
précieuses.

Jodelet

« Je me trouve un peu incommodé de la veine poétique, pour
la quantité de saignées que j'y ai faites ces jours passés. »

Scène 11.

« C'est un brave à trois poils. »

Mascarille, scène 11.

« Jodelet est l'acteur du XVIIᵉ qui a eu la plus abondante postérité littéraire. Célèbre par sa laideur comique et sa voix
nasillarde, il figure sous son propre nom dans de nombreuses
comédies : *Jodelet ou le Maître valet* de Scarron, *Jodelet
prince* de Thomas Corneille. »

Jacques Scherer, *La Dramaturgie classique en France,*
Nizet, 1950.

De même que Cathos est le reflet terne de Magdelon,
Jodelet, valet de Du Croisy, est l'*alter ego* mais aussi le faire-
valoir de Mascarille. Moins brillant, moins ingénieux, moins
beau parleur, Jodelet, lui, n'est guère crédible dans son
rôle de vicomte. Avec son visage enfariné, le bouffon tru-

culent parvient quand même à séduire Cathos. Véritable épreuve de vérité pour la fausse précieuse qui révèle ainsi son absence de discernement et d'élégance.

La Grange et Du Croisy

> « Et si vous m'en croyez, nous leur jouerons tous deux une pièce qui leur fera voir leur sottise, et pourra leur apprendre à connaître un peu mieux leur monde. »
>
> Scène 1.

Ce sont les deux prétendants éconduits par Cathos et Magdelon. S'ils sont gentilshommes, ils manquent cependant de délicatesse ; ils manifestent une violence, aussi bien verbale que physique, peu conforme à l'idéal de l'« honnête homme ». Leur rôle se réduit à fomenter une vengeance contre les deux précieuses.

Les serviteurs des précieuses

> « Dame ! je n'entends point le latin, et je n'ai pas appris, comme vous, la filofie dans *le Grand Cyre*. »
>
> Marotte, scène 6.

Marotte, la servante, et Almanzor, le laquais, sont des figures du peuple, qui font un contraste comique, par la rudesse de leur langage et de leurs manières, avec l'affectation de leurs maîtresses. Molière reprendra ce procédé de l'antithèse comique dans *Les Femmes savantes*, où Bélise offusquera les femmes savantes par la trivialité de ses propos.

L'amour et le mariage

Le mariage, et les conflits qu'il suscite au sein de la famille, est un des thèmes favoris de Molière. À sa façon, l'intrigue des *Précieuses ridicules* se ramène à une affaire matrimoniale : Gorgibus veut marier Magdelon et Cathos à deux gentilshommes, La Grange et Du Croisy ; mais les jeunes filles, entichées de galanterie, refusent le mariage et ses contraintes et aspirent à un autre jeu amoureux. Deux conceptions de l'amour s'affrontent, avec, en perspective, la question de la liberté des femmes au XVIIe siècle.

Le mariage bourgeois

Le mariage bourgeois est avant tout une « affaire » d'intérêt : Gorgibus a choisi les prétendants en fonction de « leurs familles et leurs biens » (scène 4), et s'il voit dans le mariage un « lien sacré » (scène 4), c'est aussi pour lui une occasion de se délester de la charge de deux filles : « Je me lasse de vous avoir sur les bras, et la garde de deux filles est une charge un peu trop pesante pour un homme de mon âge » (scène 4). Mécontent de l'accueil que les deux jeunes filles ont fait à La Grange et Du Croisy, Gorgibus brandit la menace du couvent où finissent les incasables et les indociles : « [...] ou vous serez mariées toutes deux avant qu'il soit peu, ou, ma foi ! vous serez religieuses : j'en fais un bon serment » (scène 4). Serment qu'il semble tenir si l'on en croit ses imprécations finales : « Allez vous cacher pour jamais » (scène 17).

L'amour précieux

Si les deux précieuses refusent l'institution bourgeoise du mariage, c'est qu'elles la jugent trop prosaïque : « Mais en venir de but en blanc à l'union conjugale, ne faire l'amour qu'en faisant le contrat du mariage, et prendre justement le roman par la queue ! » (scène 4). Sous l'influence des romans précieux, elles ont idéalisé l'amour et, comme les héroïnes de Sapho, elles le veulent platonique, spirituel et héroïque. Cathos, en « précieuse prude », déclare que « le mariage est une chose tout à fait choquante » (scène 4), annonçant ainsi les dégoûts matrimoniaux d'Armande dans *Les Femmes savantes*. Magdelon, tout imbibée du sentimentalisme des romans précieux, prétend récrire dans sa vie les grands chapitres de *Clélie*. Elle veut que son amant, en bon spectateur de la préciosité, observe les innombrables étapes qui sont autant d'épreuves héroïques de son amour. Tout comme Mlle de Scudéry, qui entretint pendant douze ans une liaison platonique avec Pellisson, elle rejette l'amour sensuel et vante l'amour spirituel. Pour elle, l'amant idéal est d'abord un bel esprit capable de répondre à toutes les « questions galantes » (scène 4).

La doublure parodique de l'amour

Vantards, égrillards, sûrs d'eux-mêmes, Mascarille et Jodelet n'ont rien des héros de Mlle de Scudéry ; et pourtant — comble de la dérision — ces deux valets, grossièrement travestis en marquis, vont incarner, pour les deux précieuses, le temps d'une illusion, la figure idéale du parfait amant. C'est dans ce paradoxe que repose la force comique de l'intrigue. Les flatteries grossières des deux bouffons regorgent d'allusions grivoises, notamment sur la « chaleur » de la situation (scène 11), que les deux pecques ne saisissent même pas. Avec eux, tout ce que la galanterie précieuse voulait édulcorer — le corps et ses grossiers appétits — revient en force : Jodelet fait toucher à Cathos une cicatrice qu'il a sur la jambe, tandis que Mascarille s'apprête à défaire son haut-de-chausse pour exhiber « une furieuse plaie ». Et l'on sait que les deux valets finiront quasi nus devant les précieuses honteuses… Quelle mortification, alors, pour les précieuses de se voir prises en flagrant délit de coquetterie, et avec des valets ! Molière tourne en ridicule l'idéalisation précieuse de l'amour et dénonce l'hyprocrisie qui consiste à nier le corps et sa sensualité. Incidemment, il soulève la question du mariage des filles et des contraintes excessives qu'elles subissent de leur entourage. En cela, on peut dire que *Les Précieuses ridicules* esquissent déjà les grandes comédies, comme *L'École des femmes* et *Les Femmes savantes*.

Correspondances

- Marivaux, *L'Île des esclaves*.
- Flaubert, *Madame Bovary*.
- Balzac, *Modeste Mignon*.

—1———

Iphicrate et son laquais Arlequin, Euphrosine et sa suivante Cléanthis, victimes d'un naufrage, ont échoué sur l'île des esclaves. Trivelin, le gouverneur de l'île, impose aux maîtres de devenir les serviteurs de leurs anciens domestiques. Dans cette scène, Arlequin et Cléanthis, qui occupent à présent la place des maîtres, se proposent de parler d'amour « à la grande manière », c'est-à-dire dans le langage galant et précieux de leurs maîtres, Iphicrate et Euphrosine. Tout ceci donne à Marivaux l'occasion d'une satire plaisante de la galanterie, telle qu'elle se pratique dans les salons distingués.

« **Arlequin.** […] Si je devenais amoureux de vous, cela m'amuserait davantage.

Cléanthis. Eh bien, faites. Soupirez pour moi, poursuivez mon cœur, prenez-le si vous pouvez, je ne vous en empêche pas ; c'est à vous de faire vos diligences, me voilà, je vous attends : mais traitons l'amour à la grande manière ; puisque nous sommes devenus maîtres, allons-y poliment, et comme le grand monde.

Arlequin. Oui-da, nous n'en irons que meilleur train.

Cléanthis. Je suis d'avis d'une chose, que nous disions qu'on nous apporte des sièges pour prendre l'air assis et pour écouter les discours galants que vous m'allez tenir : il faut bien jouir de notre état, en goûter le plaisir.

Arlequin. Votre volonté vaut ordonnance. *(À Iphicrate)* Arlequin, vite des sièges pour moi, et des fauteuils pour Madame.

Iphicrate. Peux-tu m'employer à cela ?

Arlequin. La République le veut.

Cléanthis. Tenez, tenez, promenons-nous plutôt de cette manière-là, et tout en conversant vous ferez adroitement tomber l'entretien sur le penchant que mes yeux vous ont inspiré pour moi. Car encore une fois nous sommes d'honnêtes gens à cette heure ; il faut songer à cela, il n'est plus question de familiarité domestique. Allons, procédons noblement, n'épargnez ni compliments, ni révérences.

Arlequin. Et vous, n'épargnez point les mines. Courage ! quand ce ne serait que pour nous moquer de nos patrons […].

Cléanthis. Il fait le plus beau temps du monde ; on appelle cela un jour tendre.

Arlequin. Un jour tendre? Je ressemble donc au jour, Madame ?

Cléanthis. Comment, vous lui ressemblez ?

Arlequin. Eh palsambleu ! le moyen de n'être pas tendre, quand on se trouve en tête à tête avec vos grâces ? *(À ce mot il saute de joie.)* Oh ! oh ! oh ! oh !

Cléanthis. Qu'avez-vous donc, vous défigurez notre conversation ?

Arlequin. Oh ! ce n'est rien, c'est que je m'applaudis.

Cléanthis. Rayez ces applaudissements, ils nous dérangent. *(Continuant)* Je savais bien que mes grâces entreraient pour quelque chose ici. Monsieur, vous êtes galant, vous vous promenez avec moi, vous me dites des douceurs ; mais finissons, en voilà assez, je vous dispense des compliments.

Arlequin. Et moi, je vous remercie de vos dispenses.

Cléanthis. Vous m'allez dire que vous m'aimez, je le vois bien ; dites, Monsieur, dites, heureusement on n'en croira rien ; vous êtes aimable, mais coquet, et vous ne persuaderez pas.

Arlequin. Faut-il m'agenouiller, Madame, pour vous convaincre de mes flammes, et de la sincérité de mes feux ?

Cléanthis. Mais ceci devient sérieux. Laissez-moi, je ne veux point d'affaire ; levez-vous. Quelle vivacité ! Faut-il vous dire qu'on vous aime ? Ne peut-on en être quitte à moins ? Cela est étrange !

Arlequin. Ah ! ah ! ah ! que cela va bien ! Nous sommes aussi bouffons que nos patrons ; mais nous sommes plus sages.

Cléanthis. Oh ! vous riez, vous gâtez tout !

Arlequin. Ah ! ah ! par ma foi, vous êtes bien aimable, et moi aussi. Savez-vous bien ce que je pense ?

Cléanthis. Quoi ?

Arlequin. Premièrement que vous ne m'aimez pas, sinon par coquetterie, comme le grand monde.

Cléanthis. Pas encore, mais, il ne s'en fallait plus que d'un mot, quand vous m'avez interrompue. Et vous, m'aimez-vous ? »

Marivaux, *L'Île des esclaves*, 1725.

2

Dans le couvent de Rouen où elle a été élevée, Emma s'est enivrée de lectures romanesques. Nourrie des stéréotypes de la littérature sentimentale de l'époque, elle vit par procuration de grandes passions amoureuses, et se rêve un destin d'héroïne romantique.

« Il y avait au couvent une vieille fille qui venait tous les mois, pendant huit jours, travailler à la lingerie [...]. Souvent les pensionnaires s'échappaient de l'étude pour l'aller voir. Elle savait par cœur des chansons galantes du siècle passé, qu'elle chantait à demi-voix, tout en poussant son aiguille. Elle contait des histoires, vous apprenait des nouvelles, faisait en ville vos commissions, et prêtait aux grandes, en cachette, quelque roman qu'elle avait toujours dans les poches de son tablier, et dont la bonne demoiselle elle-même avalait de longs chapitres, dans les intervalles de sa besogne. Ce n'étaient qu'amours, amants, amantes, dames persécutées s'évanouissant dans des pavillons solitaires, postillons qu'on tue à tous les relais, chevaux qu'on crève à toutes les pages, forêts sombres, troubles du cœur, serments, sanglots, larmes et baisers, nacelles au clair de lune, rossignols dans les bosquets, messieurs braves comme des lions, doux comme des agneaux, vertueux comme on ne l'est pas, toujours bien mis, et qui pleurent comme des urnes. Pendant six mois, à quinze ans, Emma se graissa donc les mains à cette poussière des vieux cabinets de lecture. [...] Elle aurait voulu vivre dans quelque vieux manoir, comme ces châtelaines au long corsage qui, sous le trèfle des ogives, passaient leurs jours, le coude sur la pierre et le menton dans la main, à regarder venir du fond de la campagne un cavalier à plume blanche qui galope sur un cheval noir. »

Flaubert, *Madame Bovary*, 1857.

Le snobisme

À travers Magdelon et Cathos, Molière ne s'en prend pas aux « vraies précieuses », ces grandes dames, comme Mme de Rambouillet, qui, par la délicatesse de leurs goûts, ont préparé l'idéal d'honnêteté qui lui est cher, mais, comme il le dit dans sa préface, à leurs « vicieuses imitations ». Dans la farce, se dessine une véritable satire sociale qui vise tous ceux, précieuses de province et beaux esprits de pacotille, qui veulent se donner des allures de grands aristocrates.

Le parisianisme

L'admiration unanime pour Paris et le mépris dans lequel on tient la province et ses habitants sont un lieu commun de l'idéologie précieuse. Selon l'abbé de Pure, les précieuses ont deux « ennemis irréconciliables » : « le Pédant et le Provincial ». Magdelon et Cathos, fraîchement arrivées à Paris, partagent cette haine et n'aspirent qu'à se fondre dans la vie parisienne : « Souffrez que nous prenions un peu haleine parmi le beau monde de Paris, où nous ne faisons que d'arriver » (scène 4), implore Magdelon à son père. Car, pour cette provinciale, Paris est forcément « le grand bureau des merveilles, le centre du bon goût, du bel esprit et de la galanterie » (scène 9)... Bref, le centre du monde, hors duquel point de salut, comme le décrète doctoralement Mascarille : « Pour moi, je tiens que hors de Paris, il n'y a point de salut pour les honnêtes gens » (scène 9). En l'espace d'une scène, Molière fait l'inventaire des lieux ordinaires de la mondanité parisienne : salons, ruelles et « comédies », où il faut se montrer pour avoir « la réputation dans Paris » (scène 9).

La mode et ses folies

Paris est à la mode, Paris est le lieu de la mode. Magdelon aimerait bien faire « pic, repic et capot tout ce qu'il y a de galant dans Paris » (scène 9), et pour cela elle se ruine, comme s'en plaint Gorgibus, en « lait virginal et mille autres brimborions » (scène 3). Cathos, elle, n'admet aucun manquement aux règles de l'élégance : « Venir en visite amoureuse avec une jambe toute unie, un chapeau désarmé de plumes, une tête irrégulière en cheveux, et un habit qui souffre une indigence de rubans !... » (scène 4). Le faste vulgaire de Mascarille est la réponse caricaturale à ce snobisme vestimentaire. Le moindre détail de son extravagant costume est chiffré : « Savez-vous que le brin me coûte un louis d'or ? », se vante-t-il, fier de ces plumes ; mais il est aussi estampillé du sceau de la mode : « C'est Perdrigeon tout pur ! » s'exclame Magdelon devant la « petite-oie » du galant Mascarille (scène 9).

Snobisme du titre

Le snob, on le sait, cherche à paraître ce qu'il n'est pas, et pour cela emprunte, sans discernement, le langage et les manières propres au milieu distingué auquel il aspire. Incontestablement, Cathos, Magdelon, Mascarille et, dans une moindre mesure, Jodelet sont snobs : tous s'efforcent maladroitement d'avoir l'air de gens « de condition ». Comme il le fera plus ironiquement encore dans *Le Bourgeois gentilhomme*, Molière conspue cette bourgeoise prétention à la noblesse, si ridicule dans un siècle où le nom et la naissance restent les valeurs fondatrices de la hiérarchie sociale. Pour satisfaire sa vanité, Magdelon est prête à renier son père : « J'ai peine à me persuader que je puisse être véritablement sa fille » (scène 5) ; elle troque un nom trop roturier pour le poétique « Aminte ». Éblouie par les titres, elle

n'entend pas combien sont grotesques ceux des deux valets :
« Marquis de Mascarille », « Vicomte de Jodelet ». Elle partage ce fétichisme des titres nobiliaires avec Mascarille,
lequel les prononce comme autant de formules magiques :
« Vicomte, dis-moi un peu, y a-t-il longtemps que tu n'as vu
la Comtesse ? [...] Sais-tu bien que le Duc m'est venu voir
ce matin, et m'a voulu mener à la campagne courir un cerf
avec lui ? » (scène 11).

La satire de ce snobisme bourgeois ne pouvait, on le voit,
que plaire à un public aristocratique, sans doute en partie
constitué de précieux, mais de « précieux authentiques ».

Correspondances

- Montesquieu, *Lettres persanes*.
- Stendhal, *Le Rouge et le Noir*.
- Proust, *Du côté de chez Swann*.

1

« Rica à Rhédi, Venise

Je trouve les caprices de la mode, chez les Français, étonnants. Ils ont
oublié comment ils étaient habillés cet été ; ils ignorent encore plus
comment ils le seront cet hiver. Mais, surtout, on ne saurait croire
combien il ne coûte à un mari pour mettre sa femme à la mode.

Que me servirait de te faire une description exacte de leur habille-
ment et de leurs parures ? Une mode nouvelle viendrait détruire tout
mon ouvrage, comme celui de leurs ouvriers, et, avant que tu eusses
reçu ma lettre, tout serait changé.

Une femme qui quitte Paris pour aller passer six mois à la campagne
en revient aussi antique que si elle s'y était oubliée trente ans. Le fils
méconnaît le portrait de sa mère, tant l'habit avec lequel elle est
peinte lui paraît étranger ; il s'imagine que c'est quelque Américaine
qui y est représentée, ou que le peintre a voulu exprimer quelqu'une
de ses fantaisies.

Quelquefois, les coiffures montent insensiblement, et une révolution
les fait descendre tout à coup. Il a été un temps que leur hauteur
immense mettait le visage d'une femme au milieu d'elle-même. Dans
un autre, c'étaient les pieds qui occupaient cette place : les talons

faisaient un piédestal qui les tenait en l'air. Qui pourrait le croire ? Les architectes ont été souvent obligés de hausser, de baisser et d'élargir leurs portes, selon que les parures des femmes exigeaient d'eux ce changement, et les règles de leur art ont été asservies à ces caprices. On voit quelquefois sur un visage une quantité prodigieuse de mouches, et elles disparaissent toutes le lendemain. Autrefois, les femmes avaient de la taille et des dents ; aujourd'hui, il n'en est pas question. Dans cette changeante nation, quoi qu'en disent les mauvais plaisants, les filles se trouvent faites autrement que leurs mères. [...]

De Paris, le 8 de la lune de Saphar, 1717. »

Montesquieu, *Lettres persanes*, 1721, lettre 99.

—2—

Julien Sorel, fils d'un bûcheron, est devenu, grâce à ses qualités intellectuelles, secrétaire du marquis de La Mole, riche et puissant aristocrate parisien. Dans son salon, il découvre une société conformiste, jalouse de sa supériorité et ne craignant rien tant que de déroger au code mondain qui fixe les comportements et les moindres propos échangés. Ce sont les ravages de ce snobisme sclérosant que découvre le jeune homme, au cours d'une de ces interminables soirées passées dans le salon de l'hôtel de La Mole.

« Tel est encore, même dans ce siècle ennuyé, l'empire de la nécessité de s'amuser que même les jours de dîners, à peine le marquis avait-il quitté le salon, que tout le monde s'ennuyait. Pourvu qu'on ne plaisantât ni de Dieu, ni des prêtres, ni du roi, ni des gens en place, ni des artistes protégés par la cour, ni de tout ce qui est établi ; pourvu qu'on ne dît du bien ni de Béranger, ni des journaux de l'opposition, ni de Voltaire, ni de Rousseau, ni de tout ce qui se permet un peu de franc-parler ; pourvu surtout qu'on ne parlât jamais politique, on pouvait librement raisonner de tout.

Il n'y a pas de cent mille écus de rente ni de cordon bleu qui puissent lutter contre une telle charte de salon. La moindre idée vive semblait une grossièreté. Malgré le bon ton, la politesse parfaite, l'envie d'être agréable, l'ennui se lisait sur tous les fronts. Les jeunes gens qui venaient rendre des devoirs, ayant peur de parler de quelque chose qui fît soupçonner une pensée, ou de trahir quelque lecture prohibée, se taisaient après quelques mots bien élégants sur Rossini et le temps qu'il faisait.

Julien observa que la conversation était ordinairement maintenue vivante par deux vicomtes et cinq barons que M. de La Mole avait connus dans l'émigration. Ces messieurs jouissaient de six à huit mille livres de rente ; quatre tenaient pour *la Quotidienne*, et trois pour *la Gazette de France*. L'un d'eux avait tous les jours à raconter quelque anecdote du château où le mot *admirable* n'était pas épargné. Julien remarqua qu'il avait cinq croix, les autres n'en avaient en général que trois.

En revanche, on voyait dans l'antichambre dix laquais en livrée, et toute la soirée on avait des glaces et du thé tous les quarts d'heure ; et, sur le minuit, une espèce de souper avec du vin de Champagne. C'était la raison qui quelquefois faisait rester Julien jusqu'à la fin ; du reste, il ne comprenait presque pas que l'on pût écouter sérieusement la conversation ordinaire de ce salon, si magnifiquement doré. Quelquefois, il regardait les interlocuteurs, pour voir si eux-mêmes ne se moquaient pas de ce qu'ils disaient. Mon M. de Maistre, que je sais par cœur, a dit cent fois mieux, pensait-il, et encore est-il bien ennuyeux.

Julien n'était pas le seul à s'apercevoir de l'asphyxie morale. Les uns se consolaient en prenant force glaces ; et les autres par le plaisir de dire tout le reste de la soirée : je sors de l'hôtel de La Mole, où j'ai su que la Russie, etc. »

Stendhal, *Le Rouge et le Noir,* 1830.

Le langage précieux

À côté des subtilités de la psychologie amoureuse, des revendications féministes, des exagérations vestimentaires, la préciosité s'est aussi manifestée par l'obscurité du langage. Purisme, hypercorrection, en devenant une mode, ont dégénéré en jargon. Dans son *Grand Dictionnaire des précieuses*, Somaize suggère la logique de cette « pathologie » du langage :

« Les précieuses sont fortement persuadées qu'une pensée ne vaut rien lorsqu'elle est entendue par tout le monde, et c'est une de leurs maximes de dire qu'il faut nécessairement qu'une précieuse parle autrement que le peuple, afin que ses pensées ne soient entendues que de ceux qui ont des clartés au-dessus du vulgaire. »

Certes, comme l'ont dit les historiens de la langue, personne au XVIIe siècle n'a jamais parlé comme Cathos et Magdelon. Molière a voulu faire rire et pour cela il a outré les procédés les plus significatifs du langage précieux, nous permettant ainsi de mieux les saisir.

Se créer son propre langage

Parce qu'elles ont peur d'être comme tout le monde, les précieuses ne parlent comme personne. Leur « diable de jargon », comme dit Gorgibus, obéit à une triple logique : détournement, exagération et abstraction.

— Détournement : il s'agit pour elles de masquer une réalité jugée trop prosaïque sous le voile d'un langage prétendument poétique ; d'où l'abondance des périphrases (le miroir : « le conseiller des grâces » ; les violons : « les âmes de pieds ») ; des métaphores (la folie : « l'antipode de la raison » ; l'ennui : « un jeûne effroyable de divertissements » ; l'amour : « le vol de mon cœur ») ; ou encore des métonymies (un homme courageux : « un brave à trois poils »).

— Exagération : en quête de sentiments hors du commun et d'exaltation romanesque, la précieuse est amenée à sublimer par le langage son environnement quotidien. Elle abuse des superlatifs (Mascarille « tourne les choses le plus agréablement du monde ») ; des adverbes d'intensité (« furieusement » , « terriblement », « diablement ») ; des hyperboles (« du dernier bourgeois » ; « toutes les hontes du monde ») ; des oxymores (« une délicatesse furieuse » ; « un furieux tendre ») ; et elle a volontiers recours au style exclamatif, jugé plus expressif (« On n'y dure point, on n'y tient pas !).

— Abstraction : en haine du matérialisme bourgeois, la précieuse cherche dans des formulations abstraites une sorte de quintessence linguistique. Évitant les adjectifs, trop concrets, elle préfère l'abstraction du substantif : « la libéralité des louanges » ; « la solitude du bal » ; « l'embonpoint de mes plumes ». D'où son goût prononcé pour les adjectifs substantivés : « le doux » ; « le tendre » ; « le fin du fin ».

La pédanterie

Cette invention verbale n'aurait rien de ridicule en soi si elle était le fait d'une véritable quête esthétique. Molière souligne au contraire combien elle est ici au service de la vanité. L'ambition de Magdelon c'est de « donner bruit de connaisseuse » (scène 9). On observera dans ces propos l'importance du paraître : il faut « avoir l'air » ; « se faire valoir dans une compagnie » ; « avoir la réputation »… Pour cela il faut être à l'affût de tout ce qui se dit dans les ruelles à la mode et, au moyen de ces « visites spirituelles », « être instruite de cent choses qu'il faut savoir de nécessité », comme les « petites nouvelles galantes, les jolis commerces de prose et de vers » (scène 9). Il ne s'agit pas d'acquérir un véritable savoir, mais ce vernis factice qui vous permet d'obtenir « la réputation de bel esprit ». La précieuse rejoint le pédant, lorsqu'elle rêve d'établir chez elle une « Académie de beaux esprits » (scène 9). Depuis la naissance de l'Académie française en 1634 et la prolifération des académies de province, on écrit de nombreuses comédies sur la prétention des faux savants qui les fréquentent, comme cette amusante *Comédie des académistes*, de Saint-Évremond, imprimée en 1650.

La dimension comique

Les Précieuses ridicules sont une caricature bouffonne qui ne prétend pas fournir une peinture fidèle de la préciosité. Molière s'est amusé à exploiter les filons comiques du délire verbal des précieuses. On se bornera ici à en signaler certains effets :
— Les déformations grotesques : Marotte écorche les mots des précieuses qui prennent alors une consonance bouffonne, comme « la filofie » apprise dans le « *Grand Cyre* ».

— Le choc des registres de langue : à la vulgarité de Gorgibus répond le raffinement exacerbé des deux filles. Le premier les accuse de se « graisser le museau » ; les deux autres admirent leur beauté dans « le conseiller des grâces ».
— Les associations de mots ridicules : la fureur rhétorique des précieuses les entraîne à former des figures de style où des mots incompatibles se trouvent associés de façon incongrue : « l'embonpoint de mes plumes » ; « les âmes des pieds » ; « la délicatesse furieuse »…
-— Les aberrations lexicales : elles finissent par rendre le sens totalement indécidable. Que sont « les âmes des pieds », « le brave à trois poils », « les commodités de la conversation » ?

Correspondances

• Vincent Voiture, *Poésies*.
• Frédéric Soulié, *Physiologie du bas-bleu*.
• Proust, *Du côté de chez Swann*.

—1————————————————————

« Des portes du matin l'amante de Céphale
Ses roses épandait dans le milieu des airs,
Et jetait sur les cieux nouvellement ouverts
Ces traits d'or et d'azur qu'en naissant elle étale.

Quand la nymphe divine, à mon repos fatale,
Apparut et brilla de tant d'attraits divers
Qu'il semblait qu'elle seule éclairait l'univers
Et remplissait de feux la rive orientale.

Le soleil se hâtant pour la gloire des cieux
Vint opposer sa flamme à l'éclat de ses yeux
Et prit tous les rayons dont l'Olympe se dore.

L'onde, la terre et l'air s'allumaient à l'entour,
Mais auprès de Philis on le prit pour l'aurore,
Et l'on crut que Philis était l'astre du jour. »

Vincent Voiture, *Poésies*, « La Belle Matineuse », 1649.

2

« Molière les appelait des *femmes savantes* ; nous les avons nommées bas-bleus. [...] Il y a les bas-bleus de tous les âges, de tous les rangs, de toutes les fortunes, de toutes les couleurs, de toutes les opinions ; cependant ils se produisent d'ordinaire sous deux aspects invariables, quoique très opposés. Ou le bas-bleu a la désinvolture inélégante, prétentieuse, froissée, mal blanchie, des Dugazons de province ; ou il est rigidement tiré, pincé et repassé comme une quaqueresse. [...] Indépendamment de ces signes extérieurs, le bas-bleu a des habitudes qui le font aisément reconnaître, soit chez lui, soit au-dehors. La chambre du bas-bleu est d'ordinaire assombrie par une foule de rideaux ; que ce soit un magnifique d'Aubusson ou un jaspé du dernier ordre, il y a toujours un tapis dans la chambre du bas-bleu. [...] Une foule de livres disséminés errent sur les chaises, sur la cheminée, sur les étagères ; mais aucun n'a le moindre rapport avec l'ordre d'idées auquel s'adonne le bas-bleu : tel qui écrit sur les étoffes de madame Gagelin, les chapeaux de mademoiselle Alexandrine, oublie à son chevet un Milton ou un Chateaubriand. L'un des meubles les plus précieux du bas-bleu est son cachet. Le cachet, c'est la pointe du couplet du vaudeville, c'est l'épigraphe qui révèle toute la pensée mystérieuse d'une lettre, c'est souvent tout l'espoir du bas-bleu gravé d'avance sur un argent doré. En voici quelques exemples. Un œil de chat avec ces mots alentour : *Je vois dans l'ombre* ; un enfant tenant une branche de laurier, s'écriant : *Je grandirai* ; une colombe seule roucoulant : *J'attends qu'il vienne*.

Un bas-bleu qui possédait autant de devises que M. Lablache possède de tabatières, ayant permis à un jeune Normand de rechercher sa main et son cœur, lui avait écrit un tendre aveu cacheté de l'allégorie suivante : une plume dans une main qui écrit ; ce petit tableau était accompagné de ces trois mots : *légère, mais prise*. Le jeune Normand ne voulut pas demeurer en reste avec le jeune bas-bleu, et sa lettre était cachetée d'un énorme pavé avec cette légende : *une demoiselle l'a fixé.* »

Frédéric Soulié, *Physiologie du bas-bleu*, 1841.

La vie littéraire

Les Précieuses ridicules sont aussi une satire cinglante de la vie littéraire de l'époque. Depuis son retour à Paris, en 1658, Molière a eu le temps de se faire de nouvelles relations, notamment dans le monde des lettres. Il fréquente Chapelle, Mlle Desjardins, une amie de l'abbé d'Aubignac et une habituée du cercle de la comtesse de la Suze… Il a déjà embrassé du regard la comédie littéraire parisienne, et la comédie des *Précieuses* nous en livre quelques scènes.

Une littérature mondaine

Dans le monde précieux, la littérature est un divertissement qui se pratique en groupe. Mascarille commence la journée entouré « d'une demi-douzaine de beaux esprits » (scène 9) et propose à Magdelon de lui amener toute la troupe de « ces Messieurs du *Recueil des pièces choisies* » (scène 9). Dans les ruelles et autres académies, on fait assaut de bel esprit et, à ce jeu, la quantité l'emporte sur la qualité. Mascarille se targue de faire courir de « sa façon, dans les belles ruelles de Paris, deux cents chansons, autant de sonnets, quatre cents épigrammes et plus de mille madrigaux, sans compter les énigmes et les portraits » (scène 9). Exemplaire de cette prolixité précieuse, Mlle de Scudéry et ses romans-fleuves.

Des genres mineurs

Molière, dans sa satire, met l'accent sur le caractère mineur des genres littéraires à la mode chez les précieux : sont privilégiés les genres brefs qui se prêtent à des lectures mondaines et qui relèvent davantage du jeu d'écriture que de l'inspiration créatrice : énigmes, portraits, chansons. C'est la mort des grands genres, tragédies et épopées : Magdelon, en extase devant l'impromptu de Mascarille, aimerait mieux avoir fait ce « *oh ! oh !* qu'un poème épique » (scène 9), tandis que Mascarille « travaille à mettre en madrigaux toute l'histoire romaine » (scène 9) ! Les compositions précieuses sont toujours subordonnées à la galanterie, comme le suggère

Magdelon : « celui-ci a fait un madrigal sur une jouissance ; celui-là a composé des stances sur une infidélité [...] » (scène 9). La dévaluation de l'écriture est proportionnelle à l'inflation de sa pratique dans le monde précieux.

Le théâtre

Quand Molière fait ses débuts, au Louvre, le 24 octobre 1658, la troupe de l'Hôtel de Bourgogne — les « grands comédiens » — domine la scène parisienne. Molière doit faire sa place en imposant son répertoire, et sa façon de jouer. À partir des *Précieuses ridicules*, ses pièces lui serviront aussi à justifier son point de vue de dramaturge. C'est avec une ironie certaine qu'il évoque les pratiques habituelles des auteurs dramatiques pour se gagner le public. La coutume, dit Mascarille, veut que les auteurs viennent lire leurs pièces nouvelles chez les gens de condition pour les « engager à les trouver belles et leur donner de la réputation » : cela afin de se prémunir contre les réactions plus incontrôlables du parterre. Molière s'en prend au passage aux « grands comédiens », spécialisés dans le genre noble de la tragédie, qui avaient imposé une déclamation pleine d'emphase. Molière, lui, plaidait déjà pour une dramaturgie plus naturelle. Son habileté, ici, est d'attribuer à Magdelon, personnage ridicule, l'éloge des « grands comédiens », ce qui l'annule ; et, à l'inverse, de lui faire proférer les critiques qu'on lui adressait à lui-même à l'époque, les rendant ainsi vaines et grossières.

Correspondances

- Balzac, *Les Illusions perdues*.
- Flaubert, *L'Éducation sentimentale*.
- Voltaire, *Candide*.

—1—

Jeune poète de province, Lucien de Rubempré est venu à Paris chercher la gloire littéraire. En dépit de ses efforts, il ne parvient pas à vendre ses œuvres aux éditeurs. À la faveur d'un hasard, il fait la connaissance d'un journaliste qui lui révèle les coulisses sordides de la vie littéraire.

« — Au Panorama-Dramatique, et du train ! tu as trente sous pour ta course, dit Étienne au cocher. Dauriat est un drôle qui vend pour quinze ou seize cent mille francs de livres par an, il est comme le ministre de la littérature répondit Lousteau dont l'amour-propre était agréablement chatouillé et qui se posait en maître devant Lucien. Son avidité, toute aussi grande que celle de Barbet, s'exerce sur les masses. Dauriat a des formes, il est généreux, mais il est vain ; quant à son esprit, ça se compose de tout ce qu'il entend dire autour de lui ; sa boutique est un excellent lieu à fréquenter. On peut y causer avec les gens supérieurs de l'époque. Là, mon cher, un jeune homme apprend plus en une heure qu'à pâlir sur des livres pendant dix ans. On y discute des articles, on y brasse des sujets, on s'y lie avec des gens célèbres ou influents qui peuvent être utiles. Aujourd'hui, pour réussir, il est nécessaire d'avoir des relations. Tout est hasard, vous le voyez. Ce qu'il y a de plus dangereux est d'avoir de l'esprit tout seul dans son coin.

— Mais quelle impertinence ! dit Lucien.

— Bah ! nous nous moquons tous de Dauriat, répondit Étienne. Vous avez besoin de lui, il vous marche sur le ventre ; il a besoin du *Journal des débats*, Émile Blondet le fait tourner comme une toupie. Oh ! si vous entrez dans la littérature, vous en verrez bien d'autres. Eh ! bien, que vous disais-je ?

— Oui, vous avez raison, répondit Lucien. J'ai souffert dans cette boutique encore plus cruellement que je ne m'y attendais, d'après votre programme.

— Et pourquoi vous livrer à la souffrance ? Ce qui nous coûte notre vie, le sujet qui, durant des nuits studieuses, a ravagé notre cerveau ; toutes ces courses à travers les champs de la pensée, notre monument construit avec notre sang devient pour les éditeurs une affaire bonne ou mauvaise. Les libraires vendront ou ne vendront pas votre manuscrit. Voilà pour eux tout le problème. Un livre pour eux représente des capitaux à risquer. Plus le livre est beau, moins il a de chances d'être vendu. Tout homme supérieur s'élève au-dessus des masses, son succès est donc en raison directe avec le temps nécessaire pour apprécier l'œuvre. Aucun libraire ne veut attendre. Le livre d'aujourd'hui doit être vendu demain. Dans ce système-là, les libraires refusent les livres substantiels auxquels il faut de hautes, de lentes approbations. »

Balzac, *Les Illusions perdues*, 1843.

−2

Frédéric Moreau, jeune homme rêveur et velléitaire, a quitté la province pour achever ses études de droit à Paris. Fasciné par madame Arnoux, épouse de Jacques Arnoux, directeur d'une revue, *l'Art industriel*, il abandonne ses projets professionnels, et, profitant d'un héritage, il choisit de se consacrer à une hypothétique carrière littéraire. Au cours d'une soirée passée entre jeunes gens, la conversation roule sur la littérature.

« Le dessert était fini ; on passa dans le salon, tendu, comme celui de la Maréchale, en damas jaune, et de style Louis XVI.

Pellerin blâma Frédéric de n'avoir pas choisi, plutôt, le néo-grec ; Sénécal frotta des allumettes contre les tentures ; Deslauriers ne fit aucune observation. Il en fit dans la bibliothèque, qu'il appela une bibliothèque de petite fille. La plupart des littérateurs contemporains s'y trouvaient. Il fut impossible de parler de leurs ouvrages, car Hussonnet, immédiatement, contait des anecdotes sur leurs personnes, critiquait leurs figures, leurs mœurs, leur costume, exaltant les esprits de quinzième ordre, dénigrant ceux du premier, et déplorant, bien entendu, la décadence moderne. Telle chansonnette de villageois contenait, à elle seule, plus de poésie que tous les lyriques du XIXe siècle ; Balzac était surfait, Byron démoli, Hugo n'entendait rien au théâtre, etc.

— "Pourquoi donc", dit Sénécal, "n'avez-vous pas les volumes de nos poètes-ouvriers ?"

Et M. de Cisy, qui s'occupait de littérature, s'étonna de ne pas voir sur la table de Frédéric "quelques-unes de ces physiologies nouvelles, physiologie du fumeur, du pêcheur à la ligne, de l'employé de barrière".

Ils arrivèrent à l'agacer tellement, qu'il eut envie de les pousser dehors par les épaules. »

Flaubert, *L'Éducation sentimentale*, 1869.

Principales mises en scène ou adaptations

Dès la première, *Les Précieuses ridicules* connurent un incontestable succès, comme le rappelle Donneau de Visé :

« Cet ouvrage a passé pour le plus charmant et le plus délicat qui ait jamais paru au théâtre : on est venu à Paris de vingt lieues à la ronde, afin d'en avoir le divertissement. »

En moins de deux ans la pièce fut jouée plus de cinquante fois. Entre 1659 et 1665, elle fut fréquemment donnée en « visites » chez les grands. Parmi eux : Mme du Plessis-Guénégaud, Mme Sanguin pour le Grand Condé, le chevalier de Gramont, le maréchal de l'Hôpital. Monsieur lui amena la consécration en la faisant jouer au Louvre en 1660. Quant à Mazarin, il invita chez lui la troupe de Molière pour une représentation qui eut lieu le 26 octobre 1660. La Grange rapporte qu'à cette occasion le « Roi vit la comédie *incognito*, debout, appuyé sur la chaise de Son Éminence », et il ajoute que le roi « gratifia la troupe de 3 000 livres ». Ensuite, *Les Précieuses ridicules* disparurent peu à peu du répertoire de Molière : de son vivant, cette farce ne sera plus jouée que trois fois, au cours de l'année 1666. Reprise en 1680, elle sera donnée assez souvent jusqu'au début du siècle suivant. Après une éclipse de plus de vingt ans, la pièce connaît un regain d'intérêt sous Louis XV, comme si la satire des précieux retrouvait alors son actualité. *Les Précieuses ridicules* sont représentées très régulièrement à la cour de Louis XV et de Louis XVI. C'est même, après *La Comtesse d'Escarbagnas*, la pièce de Molière qui a été, durant cette période, la plus jouée à Versailles.

Le XIXe siècle a un peu négligé cette farce, d'un comique jugé trop facile, pour s'intéresser davantage au Molière plus grave du *Misanthrope*. Au sortir d'une représentation, Stendhal note, dans une lettre à sa sœur de 1804 :

« Il n'y a que fort peu de connaissance des passions dans *Les Précieuses ridicules*, qui ont été peut-être la pièce la plus comique possible pour les spectateurs à qui elle fut adressée. Maintenant, elle vieillit, on n'y reconnaît plus Molière qu'à la vigueur des traits et à la *scenegiatura*. »

Au XXe siècle, *Les Précieuses ridicules* sont encore jouées mais nettement moins que *L'École des femmes*, *Tartuffe*, ou *Dom Juan*, qui touchent davantage les goûts et les esprits contemporains. La pièce souffre sans doute de son double caractère : prisonnière de la farce dont elle relève — un genre relativement tombé en désuétude, sous cette forme tout du moins —, elle est aussi prisonnière de la satire qui la lie à un phénomène culturel et social très daté : la préciosité.

Ces deux caractéristiques commandent d'ailleurs un type de mise en scène qui n'a guère varié au cours du siècle : représentations en « costumes précieux », outrés et extravagants ; dramaturgie de la farce avec cris, gesticulations et coups de bâton. Tels sont les choix des représentations les plus récentes :

• 1971 : Comédie-Française, mise en scène de Jean-Louis Thamin. Richement parées, le visage fardé, les précieuses s'agitent et papillonnent sur scène devant un Gorgibus accablé.

• 1990 : Grand Trianon de Versailles, mise en scène de Francis Perrin. C'est encore le choix d'une scénographie bouffonne pour cette mise en scène où un Mascarille outrageusement enrubanné et un Jodelet enfariné finissent en petite tenue, tandis qu'en toile de fond s'étale la géographie allégorique de la carte de Tendre.

• 1993 : Comédie-Française, mise en scène de Jean-Luc Boutté. Une mise en scène juste, où la richesse ostentatoire des costumes, la gestuelle outrée s'accordent parfaitement au récit que Mlle Desjardins a donné de la première représentation des *Précieuses* ; une mise en scène inventive, aussi, ne serait-ce que par le décor stylisé, où la prolifération des livres qui jonchent le sol rappelle la « fétichisation » précieuse de la littérature.

• 1997 : Théâtre national de l'Odéon, mise en scène de Jérôme Deschamps et Macha Makeïeff. Beaucoup d'invention dans une mise en scène qui joue la carte de la farce jusqu'aux limites de la clownerie.

Jugements et critiques

Au XVIIIᵉ siècle

Tout comme ses contemporains, Voltaire a voulu voir d'abord en Molière le « législateur des bienséances du monde », titre fort respectable dans un siècle si épris de vie en société. Il lui décerne en outre le qualificatif le plus élogieux de l'époque, celui de *philosophe*. Cependant, ce n'est sûrement pas *Les Précieuses ridicules* que le siècle des Lumières a retenues : trop légère, trop farcesque... On lui préfère des comédies plus sérieuses et qui donnent plus à penser, comme *Le Misanthrope* ou *Le Tartuffe*. Aussi n'est-ce que comme d'encourageantes prémices que l'on veut lire cette œuvre de jeunesse. C'est la lecture qu'en fait La Harpe à la fin du siècle. Il salue avec *Les Précieuses ridicules* la rénovation de la comédie, qui délaisse enfin le terrain un peu rustre de la farce pour accéder à la satire sociale, ouvrant ainsi de nouvelles perspectives au genre comique :

« *Les Précieuses ridicules*, quoique ce ne fût qu'un acte sans intrigues, firent une véritable révolution : l'on vit, pour la première fois sur la scène, le tableau d'un ridicule réel et la critique de la société. Le jargon des mauvais romans, qui était devenu celui du beau monde, le galimatias sentimental, le phébus des conversations, les compliments et métaphores et en énigmes, la galanterie ampoulée, la richesse des flux de mots, toute cette malheureuse dépense d'esprit pour n'avoir pas le sens commun fut foudroyée d'un seul coup. »

La Harpe, *Lycée*, 1799.

Au XIXᵉ siècle

Au XIXᵉ siècle, Molière eut une fortune inégale et des images fort variables. Certains, comme Stendhal, soulignent son génie comique, même si comme lui ils le jugent inférieur à celui d'Aristophane. À propos des *Précieuses*, il écrit :

« *Les Précieuses ridicules* font encore rire. Tout y est vigoureux ; quelle force cette pièce devait avoir dans le temps, lorsque tout portait ! voilà la *vis comica* qu'il faut acquérir et sans laquelle il n'y a point de comédie. »

Stendhal, *Journal*, 22 juillet 1804.

Un peu plus tard, c'est une autre lecture que les romantiques feront de Molière, privilégiant soit le versant mélancolique et ténébreux de son œuvre, comme le fait Victor Hugo, soit, au contraire, comme Théophile Gautier, la fantaisie pure qui s'exprime dans les comédies-ballets et autres féeries. Dans tous les cas, la farce satirique des *Précieuses ridicules* ne trouve guère de crédit auprès des critiques du XIXᵉ siècle, bien que certains, comme Sainte-Beuve, lui redonnent sa juste place dans l'œuvre globale :

« Molière balaya la queue des mauvais romans. La comédie des *Précieuses ridicules* tua le genre ; Boileau, survenant, l'acheva par les coups précis et bien dirigés dont il atteignit les fuyards. Pascal avait commencé. Pascal et *Les Précieuses ridicules*, ce sont les deux grands précédents modernes, et les modèles de Despréaux. Pascal avait flétri le mauvais goût dans le sacré ; Molière le frappait dans le profane. »

Sainte-Beuve, *Portraits littéraires*, 1844.

En 1863, dans un article en forme de profession de foi, Sainte-Beuve revient sur toutes les raisons qu'on a d'aimer Molière. Il rend grâce en l'auteur des *Précieuses* à l'apôtre du naturel :

« Aimer et chérir Molière, c'est être antipathique à toute *manière* dans le langage et dans l'expression ; c'est ne pas s'amuser et s'attarder aux grâces mignardes, aux finesses cherchées, aux coups de pinceau léchés, aux marivaudages en aucun genre, au style miroitant et artificiel. Aimer Molière, c'est n'être disposé à aimer ni le faux bel esprit ni la science pédante ; c'est savoir reconnaître à première vue nos Trissotins et nos Vadius jusque sous leurs airs plats et rajeunis ; c'est ne pas se laisser prendre aujourd'hui plus qu'autrefois à l'éternelle Philaminte, cette précieuse de tout temps, dont la forme seulement se renouvelle sans cesse ; c'est aimer la santé et le droit sens de l'esprit chez les autres comme chez soi. »

Au XXᵉ siècle

Gustave Lanson refuse le classement des différentes pièces de Molière en farces, comédies de mœurs et comédies de caractères, et la hiérarchisation des genres qui s'ensuit. Pour lui, toutes les influences se mêlent et se fécondent dans cette œuvre protéiforme et *Les Précieuses ridicules* valent autant que *Le Misanthrope* :

« La farce est logiquement et comme historiquement la source de toute la comédie de Molière ; mais le comique s'épure et s'affine, à mesure que les modèles choisis sont plus délicats et sérieux. [...] Regardons les farces les plus bouffonnes : n'y a-t-il pas une peinture des mœurs dans *Pourceaugnac* ? La lourdeur du provincial, l'ignorance pédante des médecins, que d'autres détails encore sont pris dans le vif de la société contemporaine ! *Les Précieuses* ne sont qu'une farce, mais qui a créé la comédie de caractère : outre la satire d'un ridicule du XVIIᵉ siècle, elle découvre certains états de sentiment et d'esprit qui sont bien de notre temps. »

Gustave Lanson, *Histoire de la littérature française*, 1908.

Les critiques contemporaines ont multiplié les approches de l'homme et de l'œuvre, et la lecture des *Précieuses ridicules* y a gagné en profondeur. Paul Bénichou a montré notamment comment, à la lumière de l'ensemble de l'œuvre, on ne peut plus lire *Les Précieuses ridicules* comme la condamnation univoque de la préciosité :

« Les rapports vrais de Molière avec la "préciosité" ont été singulièrement obscurcis par le fait qu'on s'est le plus souvent borné, pour les décrire, à consulter les deux pièces qu'il a entièrement consacrées à ce sujet, à savoir *Les Précieuses ridicules* et *Les Femmes savantes*, et qui, isolées du reste de son œuvre, montrent seulement dans Molière le champion du bon sens contre les chimères de la littérature romanesque. Réagissant contre cette interprétation hâtive, certains ont voulu, au contraire, que Molière fût tout entier un écrivain précieux. »

Après avoir envisagé ces deux points de vue, aussi erronés l'un que l'autre, et au terme d'une argumentation qui prend en perspective *L'École des femmes* et *Les Femmes savantes*, il plaide pour un Molière qui ne serait pas seulement le trop sage dénonciateur des vices et des ridicules de son temps, mais le penseur d'une nouvelle morale, plus tolérante et surtout plus audacieuse :

« Il est de fait que Molière s'en est pris par deux fois, au début et à la fin de sa carrière, à la galanterie romanesque. *Les Précieuses* renferment des allusions expresses au *Cyrus*, à la *Clélie*, à la carte de Tendre [...]. On croit d'ordinaire résoudre la contradiction apparente par laquelle Molière est à la fois l'avocat et le détracteur de la cause féminine, en disant que, solidaire jusqu'à un certain point de la préciosité dans ses revendications, il en condamne les excès, et qu'entre la philosophie des barbons et celle des femmes savantes, il adopte une fois de plus le juste milieu. La vérité semblera moins simple, si l'on songe qu'en bien des cas, Molière se situe, par l'audace, au-delà et non en deçà des précieuses. Sa philosophie de l'amour, moins "épurée" que la leur, plus ouverte à l'instinct et au plaisir, est plus libre de préjugés moraux. [...] Ainsi, il faudrait dire plutôt, pour éclairer l'attitude double de Molière à l'égard de la préciosité, qu'il se sépare de celle-ci au point, où, trop timide, elle s'arrête sur le chemin commencé. »

Paul Bénichou, *Morales du grand siècle*, Gallimard,
coll. « Idées », 1948.

Documents spécifiques

Qu'est-ce qu'une précieuse ?

Dans la décennie 1650-1660, on parle beaucoup des précieuses, mais le terme renvoie à des réalités différentes. On distingue, par exemple, les précieuses prudes et les précieuses coquettes. Les premières se vouent aux seuls intérêts de l'esprit et vantent l'amour platonique, qui élève l'âme sans souiller le corps. Elles se disent scandalisées par la moindre allusion à toute réalité physique, comme le suggère plaisamment cette petite anecdote rapportée par Cotin dans une *Lettre galante* :

« Ne savez-vous point qu'une précieuse s'est évanouie pour avoir vu un vrai chien tout nu et qu'après être revenue de son évanouissement, elle n'osa jamais rentrer dans la chambre où une chose si terrible s'était apparue à elle ? En effet, il y avait bien de quoi s'effrayer de voir un bichon tondu ! Les nudités, comme elle dit, salissent l'imagination. »

À côté des prudes, il y a celles qu'on appelle les « précieuses coquettes ». Celles-là dédaignent la mise austère et le langage sévère des premières ; elles s'habillent à la mode, admirent leur parure dans le « conseiller des grâces », et rivalisent de galanterie dans des salons raffinés où de jeunes alcôvistes languissent d'amour à leurs pieds. Certaines sont fort célèbres, comme la comtesse de la Suze, dont le salon est un véritable cénacle précieux. Avec l'aide de Pellisson, elle a rassemblé tous ces badinages mondains dans un recueil qui connut en 1663 un grand succès, le *Recueil La Suze-Pellisson*, ouvrage collectif, constitué d'épîtres, de sonnets ou encore de madrigaux, comme celui-ci :

« Ce n'est point pour Lisis que je verse des larmes,
Il en est innocent, bien qu'il ait quelques charmes.

L'auteur de mes ennuis n'est pas mal avec vous ;
Sans le nommer je veux vous dire
Que vous avez grand tort de paraître jaloux
De celui pour qui je soupire. »

Comtesse de la Suze.

L'abbé de Pure dans son roman, *La Précieuse ou le Mystère des ruelles*, propose une définition plus large de la précieuse, fondée sur l'étymologie. Selon lui, est « précieuse » toute femme qui donne du prix à ce qu'elle est :

« Une précieuse donne un prix tout particulier à toute chose, quand elle juge, quand elle loue, ou quand elle censure : comme, par exemple, les choses les plus communes et les plus triviales qui ramperaient dans un discours, ou du moins n'iraient tout au plus qu'à la superficie du goût, et ne donneraient qu'un tendre et faible plaisir, où à celui qui le lirait, ou qui l'écouterait, augmenteraient de prix par le seul débit de la Précieuse, à qui l'art est familier d'élever les choses et de les faire valoir. »

Un samedi rue de Beaune...

Mlle de Scudéry tenait salon rue de Beaune tous les samedis. Au cours de ces soirées littéraires, Sapho lisait les bonnes pages du *Grand Cyrus* ou de *Clélie*, et la conversation roulait sur des questions galantes ou poétiques. Pellisson, le chevalier servant de Sapho, évoque une de ces soirées où tout était prétexte à impromptus et jeux littéraires :

« Après qu'on eut chanté quelques airs sur le théorbe, Sapho pressa Acante de dire tout haut une élégie qu'il avait faite pour Alphise. Il s'en défendit quelque temps, pour ne pas réciter ses vers devant toute cette compagnie. Mais il prit pour cela ce biais que Sapho, qui excluait tous les amants du nombre de ses tendres amis, l'aimerait un peu moins après avoir entendu cette élégie. Sapho fit là-dessus sur-le-champ ce couplet sur un des airs qu'on avait chanté :

"Pellisson que j'estime
Infiniment,
Racontez-nous en rime

La carte de Tendre, *gravure de 1654 pour la* Clélie *de Madeleine de Scudéry.*
Bibliothèque nationale de France, Paris.

Votre tourment,
Car ce n'est pas un crime
D'être un amant."

Acante fit cette réponse à l'heure même :

"Adorable merveille
De notre cour
Quoi que l'on me conseille,
Je veux toujours
Ne parler qu'à l'oreille
De mon amour.
C'est ainsi qu'on l'exprime
D'un ton charmant
Et qu'on entend sans rime
Plus doucement
Que ce n'est point un crime
D'être un amant." »

En voyage au pays de Tendre

Parmi les dix volumes de *Clélie* (1654-1660), un peu oubliés aujourd'hui, une page est restée célèbre ; celle où est décrite la fameuse carte de Tendre, dessinée par Clélie, princesse romaine éprise d'un prince étrusque, Aronce. On y évoque l'itinéraire que les parfaits amants doivent suivre pour arriver jusqu'à la béatitude amoureuse. Magdelon s'y réfère avec beaucoup d'autorité dans la scène 4 des *Précieuses ridicules*.

« Afin que vous compreniez mieux le dessein de Clélie, vous verrez qu'elle a imaginé qu'on peut avoir de la tendresse par trois causes différentes : ou par une grande estime, ou par reconnaissance, ou par inclination ; et c'est ce qui l'a obligée d'établir ces trois villes de Tendre, sur trois rivières qui portent ces trois noms, et de faire aussi trois routes différentes pour y aller. Si bien que, comme on dit Cumes sur la mer d'Ionie et Cumes sur la mer Tyrrhène, elle fait qu'on dit Tendre sur Inclination, Tendre sur Estime, et Tendre sur Reconnaissance. Cependant, comme elle a présumé que la tendresse qui naît par inclination n'a besoin de rien autre chose pour être ce qu'elle est, Clélie, comme vous le voyez, Madame, n'a mis nul village le long des bords de cette rivière, qui va si vite qu'on n'a que faire de logement le long de ses rives, pour aller de Nouvelle Amitié à Tendre. Mais pour aller à Tendre sur Estime, il n'en est pas de même : car Clélie a ingénieusement mis autant de villages qu'il y a de petites et de grandes choses qui peuvent contribuer à faire naître, par estime, cette tendresse dont elle entend parler.

En effet vous voyez que de Nouvelle Amitié on passe à un lieu qu'elle appelle Grand Esprit, parce que c'est ce qui commence ordinairement l'estime ; ensuite vous voyez ces agréables villages de Jolis Vers, de Billet Galant et de Billet Doux, qui sont les opérations les plus ordinaires du grand esprit dans les commencements d'une amitié. Ensuite, pour faire un plus grand progrès dans cette route, vous voyez Sincérité, Grand Cœur, Probité, Générosité, Respect, Exactitude et Bonté, qui est tout contre Tendre, pour faire connaître qu'il ne peut y avoir de véritable estime sans bonté, et qu'on ne peut arriver à Tendre de ce côté-là sans avoir cette précieuse qualité. Après cela, Madame, il faut, s'il vous plaît, retourner à Nouvelle Amitié, pour voir par quelle route on va de là à Tendre sur Reconnaissance. Voyez donc, je vous prie, comment il faut aller d'abord de Nouvelle Amitié à Complaisance, ensuite à ce petit village qui se nomme Soumission, et qui en touche un autre fort agréable, qui s'appelle Petits Soins. Voyez, dis-je, que de là il faut passer par Assiduité, pour faire entendre que ce n'est pas assez d'avoir durant quelques jours tous ces petits soins obligeants, qui donnent tant de reconnaissance, si on ne les a assidûment. Ensuite vous voyez qu'il faut passer à un autre village qui s'appelle Empressement et ne faire pas comme certaines gens tranquilles, qui ne se hâtent pas d'un moment, quelque pièce qu'on leur fasse, et qui sont incapables d'avoir cet empressement qui oblige quelquefois si fort. Après cela, vous voyez qu'il faut passer à Grands Services, et que, pour marquer qu'il y a peu de gens qui en rendent de tels, ce village est plus petit que les autres. Ensuite il faut passer à Sensibilité, pour faire connaître qu'il faut sentir jusqu'aux plus petites douleurs de ceux qu'on aime. Après, il faut, pour arriver à Tendre, passer par Tendresse, car l'amitié attire l'amitié. Ensuite, il faut aller à Obéissance, n'y ayant presque rien qui engage plus le cœur de ceux à qui on obéit, que de le faire aveuglément ; et pour arriver enfin où l'on veut aller, il faut passer par Constante Amitié, qui est sans doute le chemin le plus sûr, pour arriver à Tendre sur Reconnaissance. »

Clélie, I, 1.

Le *Grand Dictionnaire des précieuses*

Baudeau de Somaize prit une part très active, on l'a vu, à la querelle des *Précieuses ridicules*. Après avoir signé une adaptation en vers de la pièce de Molière, il publia en 1660 son *Grand Dictionnaire des précieuses ou la Clef de la langue des ruelles*, dont bien des articles sont des citations des *Précieuses ridicules*. Somaize s'y propose de traduire « mot à mot la prose bizarre » des précieuses. On peut juger de ladite bizarrerie à ces quelques exemples :

« **Chandelle.** Laquais, mouchez la chandelle : *Inutile, ôtez le superflu de cet ardent.*

Chaise. Des porteurs de chaise : *des mulets baptisés.*

Éventail : *un zéphir.*

Menteuse. Vous êtes une grande menteuse : *Vous êtes une grande diseuse de pas vrai.*

Peigne. Apportez-moi un peigne, que je démêle mes cheveux : *Apportez-moi une dédale, que je délabyrinthe mes cheveux.*

Songe : *le père des métamorphoses,* ou *l'enchanteur sans charme,* ou *le second Protée,* ou *l'interprète des Dieux.*

Vent. Le vent n'a point défrisé vos cheveux : *L'invisible n'a point gâté l'économie de votre tête.* »

Compléments notionnels

Antiphrase
Procédé par lequel une expression signifie l'inverse de ce qu'elle semble vouloir dire.

Antithèse
Figure de rhétorique consistant à employer dans un même énoncé deux termes, deux expressions opposés par le sens.

Antonomase
Substitution d'un nom propre à un nom commun : « Je vois bien que c'est un Amilcar ».

Ballade
Poème en trois strophes qui ont la même disposition, suivies d'un envoi deux fois plus court.

Bienséance
Ensemble d'interdits que l'auteur classique doit respecter afin de ne choquer ni les croyances, ni les sentiments, ni la morale du public.

Bouts-rimés
Petite pièce de vers composée sur des rimes imposées, souvent bizarres et d'autant plus difficiles à agencer.

Burlesque
Forme de parodie qui consiste à traiter un sujet noble dans un registre familier. Au sens large, comique outré et extravagant.

Champ lexical
Ensemble des termes et expressions se rapportant à un même thème.

Commedia dell'arte
Théâtre populaire italien, semi-improvisé.

Diatribe
Critique violente et excessive proférée sur un ton agressif.

Didascalie
Indication scénique précisant le jeu des acteurs.

Dramaturgie
Tout ce qui concerne la mise en œuvre d'une action théâtrale.

Emphase
Amplification oratoire ; utilisation exagérée du style soutenu.

Énigme
Petit poème dans lequel on fait une description ambiguë d'une chose à deviner.

Épigramme
Courte pièce en vers qui se termine par un mot ou un trait piquant.

Euphémisme
Figure de rhétorique consistant à adoucir une expression trop directe qui pourrait choquer.

Exposition
Partie initiale de l'œuvre nécessaire pour faire connaître les circonstances et les personnages de l'action.

Farce
Forme de comédie populaire qui repose sur un comique élémentaire et grossier.

Figures de style
Procédés expressifs destinés à convaincre ou à séduire.

Gestuelle
Ensemble des gestes expressifs qui rentrent dans la mise en scène.

Hyperbole
Figure de rhétorique consistant à employer par exagération une expression qui dépasse la réalité.

Madrigal
Poème court et spirituel en général consacré à l'expression de l'amour.

Métaphore
Figure de rhétorique consistant en une identification fondée sur une analogie. Métaphore filée : reprises successives d'une même métaphore.

Métonymie
Figure de rhétorique qui consiste en une substitution fondée sur un lien de contiguïté.

Néologisme
Création d'un mot nouveau.

Oxymore
Figure de style qui met en relation des termes qui s'excluent par le sens.

Périphrase
Expression qui désigne en plusieurs mots ce qui pourrait être dit en un seul.

Polémique
Qui contient une critique agressive.

Protagonistes
Personnages principaux d'une action.

Registre de langue
Niveau de langue qui varie en fonction des usages sociaux (registre familier, soutenu…).

Rondeau
Poème de trois strophes comportant deux rimes, avec un refrain à la fin des strophes 2 et 3.

Satire
Œuvre en prose ou en vers dans laquelle un auteur propose une représentation critique de la société et des mœurs de ses contemporains.

Scénographie
Art d'utiliser l'espace de la représentation.

Sketch
Courte scène, généralement comique.

Stances
Strophes régulières généralement consacrées à l'expression lyrique de sujets religieux, philosophiques ou élégiaques.

Théâtralité
Caractère de ce qui se prête à la représentation dans une œuvre.

Tirade
Longue réplique.

Lexique du vocabulaire précieux et classique au XVIIᵉ siècle

Académie
À l'origine, lieu où la noblesse apprenait à monter à cheval. Au XVIIᵉ, société artistique ou littéraire.

Air
Manière d'agir, comportement. Le « bel air » : les manières distinguées, à la mode.

Amant
Amoureux, prétendant.

Bel esprit
Personne qui se distingue du commun par la politesse de sa culture, de ses discours et éventuellement de ses ouvrages. Le terme peut être employé dans une acception ironique.

Billevesées
Sottises.

Bruit
Renommée, renom. « Faire bruit de quelque chose » : s'en vanter.

Bureau
Magasin.

Cadeau
Partie de campagne avec collation offerte à une dame.

Charme
Sortilège, attrait magique.

Comédie
Lieu où se déroule la représentation théâtrale, théâtre.

Commerce
Relations sociales, fréquentations.

Condition
Qualité, rang social. Désigne la noblesse dans l'expression « personne de condition ».

Congruent
Adapté, assorti.

Considérer
Estimer, faire cas.

Faquin
Être méprisable et impertinent.

Franchise
Liberté, indépendance, sécurité.

Frugalité
Sobriété excessive.

Furieusement
Extrêmement.

Galamment
Poliment, courtoisement.

Galanterie
Courtoisie raffinée ; goût pour les intrigues amoureuses.

Haut-de-chausse
Culotte descendant jusqu'aux genoux, composée d'un fond et de deux canons (jambes).

Honnête homme
Homme de la bonne société, cultivé et de bon goût.

Honnêteté
Au XVIIe siècle l'honnêteté est la qualité de « l'honnête homme » qui incarne un idéal de politesse, de culture et de civilité.

Impertinence
Action ou discours déplacés, contraires à la raison ou au bon sens.

Libéralité
Générosité.

Objet
La personne aimée.

Petite-oie
Ensemble des accessoires du costume.

Politesse
Culture, distinction.

Prud'homie
Honnêteté, droiture.

Qualité
Noblesse dans « homme de qualité ».

Ruelle
Au sens propre, espace entre le lit et le mur. Plus généralement, alcôve où les dames de qualité recevaient leurs invités.

Édition

MOLIÈRE *Œuvres complètes*, texte établi, présenté et annoté par Georges Couton, Gallimard, « Bibliothèque de la Pléiade », t. I, 1971.

Commentaires

Sur Molière

ARNAVON Jacques, *Notes sur l'interprétation de Molière*, Paris, Plon, 1923.

BÉNICHOU Paul, *Morales du Grand Siècle*, Paris, Gallimard, coll. « Idées », 1948.

BRAY René, *Molière, homme de théâtre*, Paris, Mercure de France, 1954.

DESCOTES Maurice, *Molière et sa fortune littéraire*, Paris, Ducros, 1970.

FERNANDEZ Ramon, *La Vie de Molière*, Paris, Gallimard, 1929.

GRIMAREST, *La Vie de M. de Molière* [1705], Paris, Michel Brient Éditeur, 1955.

MAURON Charles, *Des métaphores obsédantes au mythe personnel*, Paris, José Corti, 1964.

Sur le comique

DANDREY Patrick, *Molière ou l'esthétique du ridicule*, Paris, Kincksieck, « Bibliothèque d'histoire du théâtre », 1992.

DEFAUX Gérard, *Molière ou les métamorphoses du comique*, Paris, Kincksieck, « Bibliothèque d'histoire du théâtre », 1992.

LEBÈGUE Raymond, *le Théâtre comique en France de* « *Pathelin* » *à* « *Mélite* », Paris, Hatier, coll. « Connaissance des Lettres », 1972.

Sur *Les Précieuses ridicules*

Les Précieuses ridicules, édition critique établie par Micheline Guénin, Paris et Genève, Droz-Minard, 1973.

DESJARDINS Mlle, *Récit en prose et en vers de la farce des précieuses*, dans Molière, *Œuvres complètes*, Gallimard, « Bibliothèque de la Pléiade », t. I, 1971.

MICHAUT Gustave, *Les Débuts de Molière à Paris*, Paris, Hachette, 1923.

Sur la préciosité

Abbé de Pure, *La Précieuse ou le Mystère des ruelles*, Paris, Droz (réédition), 1938.

BAUMAL Francis, *Molière auteur précieux*, Paris, La Renaissance du Livre, 1925.

BRAY René, *La Préciosité et les Précieux, de Thibaut de Champagne à Jean Giraudoux*, Paris, Nizet, 1960.

LATHUILLÈRE Roger, *La Préciosité, étude historique et linguistique*, t. I, Paris, Droz, 1966.

MONTGRÉDIEN Georges, *La Vie littéraire au XVIIe siècle*, Paris, Taillandier, 1947.

MONTGRÉDIEN Georges, *Les Précieux et les Précieuse*s, Paris, Mercure de France, 1939.

Ouvrages généraux

ADAM Antoine, *Histoire de la littérature française au XVIIe siècle*, t. II, Paris, Albin Michel, « Bibliothèque de l'évolution de l'humanité », 1966.

SCHERER Jacques, *La Dramaturgie classique en France*, Paris, Nizet, 1950.

Dictionnaire du français classique, XVIIe siècle, J. DUBOIS, R. LAGANE, A. LEROND, Larousse, coll. « Trésors du français », 1988.

Filmographie

MNOUCHKINE Ariane, *Molière ou la Vie d'un honnête homme*, 1978 (film diffusé par les Artistes associés et par Antenne 2).

Discographie

Les Précieuses ridicules (deux disques), Pléiade, 532.

Les Précieuses ridicules, Bordas, SSB 124.

CRÉDIT PHOTO : p. 7,,"Ph. © Lauros. / T." • p. 8,,"Ph. © Giraudon. / T." • p. 20,,"Ph. © Lauros-Giraudon. / T." • p. 33,,"Ph. © Pascal Maine. / DR. / T." • p. 39,,"Ph. © Lauros. / T." • p. 61,,"Ph. © Archives Larbor. / T." • p. 66,,"Ph. © Agence de presse Bernand. / T." • p. 73,,"Ph. Coll. Archives Larbor. / T." • p. 82,, "Ph. © Bulloz. / T." • p. 93,,"Ph. © Agence de presse Bernand. / T." • p. 103,,"Ph. © Bulloz. / T." • p. 105,, "Ph. © Agence de presse Bernand. / T." • p. 115,,"Ph. © Lauros-Giraudon. / T." • p. 148,,"Ph. Coll. Archives Larbor. / T."

Direction de la collection : Chantal LAMBRECHTS.

Direction artistique : Emmanuelle BRAINE-BONNAIRE.

Responsable de fabrication : Jean-Philippe DORE.

Compogravure : P.P.C. - Impression MAME n° 03112016. Dépôt légal 1ʳᵉ édition : aôut 1998. N° de projet : 10110455 - Imprimé en France - Janvier 2004.